Barbara Wenzel-Winter

Kinder Kinder

AF284674

Barbara Wenzel-Winter, Jahrgang 1948, wurde auf dem Gut Groß-Below in Mecklenburg-Vorpommern geboren, ist ausgebildete Modedesignerin und lebt heute mit ihrem Mann und ihren beiden Kindern in Bremen. Neben ihrer Tätigkeit als freischaffende Künstlerin ist sie als Autorin und Fotografin tätig. Von ihr sind bei BoD bereits folgende Titel erschienen:

Ein furzendes Katerchen •
ISBN: 978-3-837-08225-8

Tabuthema Wechseljahre •
ISBN: 978-3-837-04426-3

Ein Bild von mir •
ISBN: 978-3-839-12170-2

Storch im Salat •
ISBN: 978-3-837-02560-6

Die Katze in der roten Baskenmütze •
ISBN: 978-3-833-47029-5

Kinder Kinder

Barbara Wenzel-Winter

Bibliographische Information der Deutschen Bibliothek: Die Deutsche Bibliothek verzeichnet diese Publikation in der Deutschen Nationalbibliographie; detaillierte bibliographische Daten sind im Internet über **<http://dnb.ddb.de>** abrufbar.

Satz & Layout: Maxi Winter und Barbara Wenzel-Winter
Umschlaggestaltung: Barbara Wenzel-Winter
Herstellung & Verlag: Books on Demand GmbH, Norderstedt
Printed in Germany

ISBN 978-3-752-85514-2

VORWORT

Ein Leben ohne Kinder konnte ich mir nicht vorstellen. Das wäre öde gewesen, nur auf mich selbst konzentriert. Ohne Leben. Ich wollte schon immer Nachwuchs. Nur wann? Wann war der richtige Zeitpunkt dafür?

Leihkinder, mit denen ich proben konnte, wie es wäre eigene Sprösslinge zu haben, liefen mir von Zeit zu Zeit über den Weg. Ich hatte den Eindruck gut mit Kindern zu können. Dass diese flüchtigen Begegnungen nicht im Mindesten damit zu tun hatten eigene Kinder zu haben, konnte ich mir eigentlich denken. Dass sie nur ein äußerst harmloser Abklatsch dessen waren, was mir später blühen sollte, ließ mich nicht von meinem Vorhaben abhalten. Die zukünftige Mutter in mir wollte sich ausleben können.

ROTZNASEN

Kinder, an denen ich nachempfinden konnte, wie es wäre eigene Sprösslinge zu haben, liefen mir von Zeit zu Zeit über den Weg. Unter anderem auch zwei Rotznasen, ein Bursche und ein Mädchen von etwa vier oder fünf Jahren. Rotznasen deswegen, weil sie ziemlich verschnupft und rotzverschmiert vor mir standen und sich ganz offensichtlich mit mir unterhalten wollten. Sie tapsten, woher auch immer kommend, sehr zutraulich neben mir her, als ich schwer beladen meinen Einkaufskorb nach Hause schleppte und eigentlich gar keinen anderen Gedanken aufbringen konnte, als meine schwere Last endlich loszuwerden. Also nahm ich die beiden erst mal mit nach Hause, um sie dort auszuhorchen, wie es käme, dass sie ohne Aufsicht alleine durch die Gegend tigerten. Beide, besonders aber das kleine Mädchen, waren sehr redselig, jedoch bekam ich nicht das aus ihnen heraus, was ich eigentlich wissen wollte. Schelmisch grinsten sie mich an, so als hätten sie es faustdick hinter den Ohren. Auf die Frage, wo sie denn zu Hause seien, deuteten sie vage die Straße hinunter. Ob ihre Mutti sie denn nicht vermissen würde, wollte ich wissen.

„Nein!", im Brustton der Überzeugung schüttelten sie ihre kleinen Köpfe. Meine beiden kleinen rotzverschmierten Engelchen schienen überhaupt keine Eile zu haben, Zeit war für sie vermutlich noch kein Begriff. Sie gehörten scheinbar nirgendwo hin und wurden auch von niemandem erwartet. Ich hätte sie gerne nach Hause gebracht, doch konnten oder wollten sie mir ihre Adresse nicht nennen. Unterdessen unterhielten sich beide ganz souverän mit mir, als seien Besuche bei Wildfremden ganz natürlich für sie, eben an der Tagesordnung. Inzwischen hatte ich meine Besucher mit Bonbons versorgt, in der Hoffnung dadurch ihr Gedächtnis bezüglich ihrer Adresse etwas auffrischen zu können. Ich hätte sie gerne, bei ihrer vermutlich schon sehnsüchtig warteten Mama abgeliefert, aber da ich diesbezüglich nicht fündig werden konnte, war und blieb dies nur ein frommer Wunsch. Das Pärchen lutschte die Süßigkeiten hingebungsvoll, fast andächtig, so, als hätten sie nicht sehr oft Gelegenheit dazu.

Als ich schon glaubte, meine kleinen Süßen für den Rest meiner Tage auf dem Hals zu haben, schien die beiden plötzlich von einer Sekunde auf die andere die Erinnerung an ihr Zuhause zu streifen, denn sie behaupteten, nun gehen zu müssen. Auf meine Frage, ob sie denn wüssten, wohin sie zu gehen hätten, nickten sie inbrünstig. Nun gut! Ich brachte sie vor die Haustür und beide winkten mir noch einmal lächelnd zu, bevor sie um die nächste Häuserecke verschwanden…

ZWEI KLEINE BURSCHEN

… standen unversehens vor mir, als ich gerade dabei war den eben gelieferten Sand, der dazu da war, zu Beton zu werden, von der Strasse zu schippen. Es waren zwei Buben im Alter von vier und fünf Jahren. Der eine der beiden, ziemlich selbstbewusst und mitteilsam, der andere schüchtern und schweigsam. Auf meine Frage woher sie kämen, kam die prompte Antwort. Ihre kleinen, schmutzigen Pfoten deuteten eifrig unseren Weg hinunter. Sie stellten sich als Markus und Martin vor und fragten, ob sie mir helfen dürften.

„Klar!", meinte ich, obwohl mir mit einem Seitenblick auf die Beiden nicht wirklich klar war, wobei sie mir hätten helfen können. Die Schippe, mit der ich arbeitete, war nun wirklich zu riesig für sie. Also sagte ich, wenn sie kleinere hätten, könnten sie mitschaufeln. Sofort rannten sie davon, um mit kleinen Schippen wieder zu erscheinen. Die wohl gut gemeinte Hilfe artete jedoch, wie vermutet, von Minute zu Minute mehr zu einer wilden Buddelei aus. Den Sand, den ich erst vor Kurzem mühselig an den Rand der Straße geschippt hatte, verteilten meine beiden, höchst eifrigen Zwerge wieder dorthin, wo er vor Kurzem noch gelegen hatte. Irgendwie, so gut gemeint und niedlich ihr Geschippe auch aussehen mochte, es war kontraproduktiv.

Also nahm ich meine Helfer erst einmal mit ins warme Haus, denn draußen war es mir bei nasskaltem, fiesem Novemberwetter doch zu ungemütlich. Martin, der Jüngere von beiden, schwatzte währenddessen munter auf mich ein. Inzwischen war die Energie meiner beiden Kleinen schon etwas verpufft. Jedoch neugierig, wie zwei Katzen, sahen sie sich um in einer Umgebung, die eher einem Schutthaufen denn einer gemütlichen Wohnung glich. Zutraulich hockten sie neben mir am heißen Kohleofen und plapperten munter drauflos. Auf ihre Frage, ob sie mir später wieder helfen dürften, mit leuchtendem Blick auf die vielen interessanten herumliegenden Steine, die noch nach draußen in den Container getragen werden mussten, wechselte ich eilig das Thema.

Eine Riesin wird sie nicht

… bekam ich, als ziemlich trockenen Kommentar von meiner Frauenärztin, bei meinem zweiten Ultraschall zu hören.

Was sollte das heißen? Ich hatte auch gar nicht vor eine Riesin zur Welt zu bringen! Was wollte die gute Frau damit andeuten? Etwa das Gegenteil? Mir standen die Haare zu Berge. Grauenhaft!

Ich sah so gut wie nichts auf dem graustufigen Ultraschallbild und wenn sie mir versuchte zu erklären, wo sich die Gliedmaßen und das Köpfchen meiner winzigen Tochter befanden, nickte ich meist folgsam, mit meinem, vor lauter Angst, knallrot angelaufenen Kopf. Ich konnte jedoch kaum etwas erkennen.

War diese Bemerkung etwa der Versuch, mir schonend beizubringen, dass ich einen Zwerg zur Welt bringen würde? Die Fruchtwasseruntersuchung für Spätgebärende hatte ich schon mit *„alles in Ordnung"* hinter mich gebracht. Auch die war für mich, die immer und überall das Schlimmste vermutet, eine Zitterpartie gewesen. Aber kein offener Rücken war festgestellt worden und mit den Chromosomen schien auch alles roger zu sein. Und jetzt das! Natürlich hätte ich sofort fragen können, was sie mit dieser Bemerkung meinte, traute ich mich aber nicht.

Bedrückt zogen mein Mann, der bei der Untersuchung zugegen sein durfte, und ich von dannen. Meine Befürchtungen bezüglich der möglichen Größe meines Kindes legte sich zwar mit der Zeit, jedoch spukte es bis zur Geburt meiner Tochter und darüber hinaus in meinem Kopf herum… Aber egal, ob nun groß oder klein, wir würden sie so nehmen und lieben wie sie halt war. Der Vater meines Kindes nahm die lapidare Bemerkung meiner Frauenärztin zum Anlass, unserer Tochter, allen Ankündigungen zum Trotz, den Namen Maxi zu geben.

Breite Geburtsbetten

Schmale, pritschenähnliche Folterinstrumente mit Beinstützen, von denen man vermutlich bei jeder stärkeren Bewegung herunterknallen würde, wurden uns auf unseren Besichtigungstouren durch die Entbindungsstationen örtlicher Krankenhäuser präsentiert. Liegen, auf denen die Gebärende die Zeit von der ersten bis zur letzten Wehe zu verbringen hatten. Wo gab es sie, diese Kreissäle mit den geburtsfreundlichen Lagerstätten, auf denen man sein Kind auf relativ humane Art gebären konnte? Gab es sie überhaupt? Ich zweifelte stark daran. Schon alleine der Begriff Kreissaal jagte mir Schauer des Unbehagens den Rücken herrunter. Was war das überhaupt, ein Kreissaal? Ich stellte mir einen Riesenraum vor, eine große Halle, in deren Mitte man sein Kind zur Welt zu bringen hatte. Grauenhafte Vorstellung! Dann lieber kein Kind, aber bitte nicht diese menschenunwürdige, mittelalterliche Behandlung.

Meine Mutter, die ihre beiden Töchter als Hausgeburten bekommen hatte, hatte zum Glück keinerlei Bekanntschaft mit dieser Art Einrichtung gemacht. Eine ehemalige Arbeitskollegin dagegen berichtete mir wahre Schauergeschichten über kalte, unfreundliche Räume, die im Bedarfsfall auch noch mit einem Vorhang aufgeteilt wurden, in denen man, sich in Schmerzen windend, sein Kind bekam. Wenige Meter daneben, hinter dem Vorhang, war, wenn man Pech hatte, eine weitere Gebärende untergebracht. Geburt als eine Art Massenabfertigung. Die Hebamme, die organisationsbedingt abwechselnd mehrere Frauen abzufertigen hatte, fuhr die in den Wehen liegenden, etwas lauter werdenden Gebärenden an, sie sollten sich gefälligst nicht so gehen lassen und etwas leiser stöhnen.

Nein, solche Art Behandlung wollte ich auf gar keinen Fall. Also informierte ich mich über fortschrittliche Krankenhäuser, in denen ich glaubte nicht gefoltert zu werden. Die Zeitschrift *Eltern* war seinerzeit die Anlaufstelle für all die Frauen, die endlich ihre Kinder auf humane und zeitgemäße Weise bekommen wollten, die keinen Spaß hatten an unzeitgemäßer Quälerei. Frauen, die nicht an Geburtspritschen festgenagelt die Wehenzeit verbringen wollten, sondern sich frei bewegend, bis kurz vor der Geburt ihres Kindes. Ein zusätzlicher Aspekt, im Zusammenhang mit der Geburt, war für mich auch die nicht akzeptable Angewohnheit der meisten Entbindungsstationen, Geburten bei gegebenem Anlass künstlich einzuleiten. Es konnte einer Schwangeren, bei der die Wehen eingesetzt hatten, durchaus passieren, dass sie, weil gerade Samstag war und die Ärzte sich ihr wohlverdientes Wochenende nicht versauen lassen wollten, an den Wehentropf angeschlossen wurde, um die Geburt zu beschleunigen. Diese Maßnahme hatte nun sehr oft bei den Ungeborenen einen Sauerstoffmangel zur Folge, der in einigen Fällen zu irreparablen Hirnschäden führte. Da ich weder Lust hatte, mich über die Maßen quälen zu lassen und, noch viel weniger, durch den Einsatzes des Wehentropfes ein behindertes Kind zur Welt zu bringen, war die Wahl der Entbindungsklinik also eine äußerst diffizile Angelegenheit.

Die Zeitschrift *Eltern* half auch hier, in dem sie glücklicherweise eine Liste mit Entbindungskliniken veröffentlichte, die es vermutlich fortschrittlicher, sprich, humaner handhabten und Frauen unter der Geburt den Raum ließen, den sie benötigten. Nun waren diese Kliniken seinerzeit nicht sehr dicht gesät. Es gab, wenn es hochkam, fünfzehn über die ganze Bundesrepublik verteilt. Eine davon war zum Glück in relativer Nähe, nämlich in einem Nachbarorte Bremens. Schon im fortgeschrittenen Stadium der Schwangerschaft befindlich, besichtigten mein Mann und ich die Entbindungsstation des besagten, kleinen Provinzkrankenhauses. Erstaunlicherweise war sie mit allem ausgestattet, was anderen, bisher besichtigten Häusern gefehlt hatte, nämlich breite Geburtsbetten in freundlich gestalteten Räumen und Badewannen, in denen die Gebärenden unter der Geburt in einem Kräuterbad entspannen konnten. Wehentropfe oder sonstige chemische Wehenpusher würden hier nicht verabreicht werden, wurde uns versichert. Ansonsten war auch diese Entbindungsstation mit modernen Geräten der Geburtsüberwachung, wie einem Kardiotokograf, Wehenschreiber, ausgerüstet. Nach der Besichtigung war klar, hier und nur hier glaubte ich entbinden zu können.

Es geht los…

Nichts, aber auch gar nichts deutete auf den Beginn der Geburt hin. Noch über eine Woche war Zeit bis zum errechneten Termin. Doch mein Kind hatte beschlossen raus zu wollen und das kündigte sich, wie es häufig zu sein scheint, mitten in der Nacht an…

Wenige Stunden zuvor waren mein Mann und ich beim TÜV gewesen, um unseren Golf überprüfen zu lassen. Im Anschluss daran war mein eigener, wöchentlicher Check in der Entbindungsstation dran, der Endspurt war nicht mehr weit. Der Chefarzt persönlich untersuchte mich. Alles war in bester Ordnung, der Muttermund noch geschlossen und gestrichen, keine Wehen. Danach gönnten wir uns beim Italiener eine Pizza.

Ich stoppte die Zeit, zuerst kamen die Wehen alle fünf Minuten, später dann im Abstand von drei Minuten. Da uns nicht klar war, dass der zeitliche Abstand der Wehen noch nichts darüber aussagt, ob eine Geburt tatsächlich unmittelbar bevorsteht, machten wir uns, mitten in der Nacht um zwei Uhr, bei sehr glatten, verschneiten Straßen und -20 °C Kälte, auf den Weg in die Klinik.

Nicht wissend, wie viele schrecklich lange Stunden wir hier noch zubringen würden, checkten wir zuversichtlich ein. Selbstverständlich hätte ich lieber zu Hause die Zeit bis kurz vor der Geburt verbracht, jedoch fehlte mir schlichtweg die Erfahrung und der Mut. Noch viele, viele Stunden sollten wir auf dem Korridor der Entbindungsstation, immer brav hin- und herdackelnd, um eine effektivere Wehentätigkeit anzuregen, zubringen. Wehen hatte ich übrigens genug, nur brachten sie nicht besonders viel. Der Muttermund öffnete sich nur sehr zögerlich. Es blieb auch nicht bei der Hebamme, die mich in der Nacht um drei Uhr in Empfang genommen hatte. Mindestens drei weitere Geburtshelferinnen erlebten wir in den nächsten 19 Stunden, bis meine Tochter endlich das Licht der Welt erblickte.

Um die Mittagszeit herum, inzwischen hatte ich endlich ein Bett in einem der Zweibettzimmer zugewiesen bekommen, packte mich der Heiß-Hunger, angesichts des meiner Bettnachbarin servierten Essens. In einer Wehenpause stopfte ich deshalb in aller Eile eine Portion Labskaus in mich hinein und gab sie sofort wieder von mir, als mich eine neue Wehe erfasste.

Inzwischen hatte ich Zäpfchen mit einem wehenförndernden Mittel bekommen. Jetzt ging es noch schneller. Die schmerzhaftesten Wehen, die man sich denken kann, folgten in immer kürzeren Abständen. Trotz allem öffnete sich die Geburtspforte nur zögerlich. Also wieder mal eine Wanderung einlegen. Diesmal zur Abwechslung in einen Warteraum, in dem die Bilder an den Wänden schief und krumm hingen, so als hätte jemand Spaß daran gehabt, das, was ordentlich war, in Unordnung zu bringen. Die schiefen Bilder machten mich schier wahnsinnig und ich versuchte sie in den Wehenpausen zu richten. Vergeblich, immer, wenn ich eins gerade gerückt hatte, rutschte es in seine schiefe Ausgangsposition zurück und eine neue Wehe erfasste mich, gleich einer äußerst schmerzhaften Welle. Schließlich ließ ich es sein. Ich überließ die Unordnung sich selbst.

Es ging auf den Abend zu. 16 lange Stunden hatten wir nun hier zugebracht und noch immer war kein Ende in Sicht. Langsam verließen mich meine Kräfte und auch meine Geduld. Die Geburt ließ mich jedoch über mich selbst hinaus wachsen, anders ist es nicht vorstellbar diese Quälerei, diese entsetzlich vielen Stunden unbeschadet überstanden zu haben.

Die dritte Hebamme hatte ihren Dienst angetreten. Sie war, im Gegensatz zu den beiden anderen, eine ganz unangenehm Energische, was ich zu diesem Zeitpunkt überhaupt nicht als positiv empfand, ganz im Gegenteil! Ich fand ihr forciert entschiedenes, wenig einfühlsames Getue ziemlich ätzend. Das war genau das, was ich in dem Moment überhaupt nicht gebrauchen konnte. Gerne hätte ich mich mit ihr angelegt, doch dazu fehlte mir die Kraft.

Zweimal wurde ich zur Entspannung in ein warmes Kräuterbad verfrachtet und zweimal zerriss es mich schier dort ruhig zu liegen, während mörderische Wehen mich beutelten. Nein, so hatte ich mir eine natürliche Geburt, ohne jede Chemie, nicht vorgestellt. Inzwischen war ich soweit, auch eine Rückenmarks-Anästhesie zu akzeptieren, wenn sie mir denn angeboten worden wäre. Aber dergleichen gab es hier nicht. Hier ging es ohne Betäubung zu. Alles musste ganz naturgemäß, bis zum bitteren

Ende, mit vollem Bewusstsein durchlebt werden. Ich hatte es so gewollt und verfluchte inzwischen meine Entscheidung.

Plötzlich, von einer Wehe zur anderen, wechselte die Intensität und ich hatte den Drang zu pressen. Inzwischen lag ich auf dem, von mir erträumten, himmlisch breiten Geburtsbett aus massivem Holz. Es ging tatsächlich auf die Endphase zu. Alles, was ich im Geburtskurs an Atemtechnik gelernt hatte, war aus meinem Gehirn gelöscht. Ich wusste nichts mehr. Schon die vielen Stunden vorher war es mir äußerst schwer gefallen mich zusammenzureißen und das zu tun, was man uns für den Fall des Falles eingebläut hatte. Eine unglaubliche Erschöpfung hatte mich ergriffen. Es fehlte mir schlicht die Kraft, um auf Befehl zu pressen.

Der Chefarzt, plötzlich neben mir, feuerte mich abwechselnd mit der penetrant munteren Hebamme an. Irgendetwas, ich wusste nicht was, sollte mir helfen. Sinnloserweise griff ich nach der Sauerstoffmaske hinter mir an der Wand. Der Kommentar der Hebamme, den sie sich hätte auch getrost hätte verkneifen können:

„Das hilft Ihnen jetzt auch nicht mehr!"

Diese verdammten Schmerzen sollten aufhören! Ich verfluchte alles! Wie war ich nur in diese Scheißsituation gekommen? Ich wollte auch keine Kinder mehr! Die konnten mir gestohlen bleiben! Sollten doch gefälligst die Anderen Kinder bekommen! Der Chefarzt, dieser ignorante, fiese Sack kommandierte weiter:

„Pressen, pressen! Jetzt nicht mehr pressen!"

Das war sowieso völlig sinnlos, denn das, was raus sollte, kam sowieso irgendwie nicht. Auch der aufmunternde Satz:

„Das Köpfchen ist schon zu sehen!", machte nicht mehr den geringsten Eindruck auf mich. Wie im Tran nahm ich wahr, dass der Chefarzt ein langes Tuch um meinen Bauch schlang, es über ihm kreuzte und so von oben half, durch starkes Zusammenziehen, während der Presswehe das Kind herauszukatapultieren.

Ich hatte schon nicht mehr daran geglaubt, jedoch mit einmal war es draußen, nach einem Dammschnitt, war der Weg frei geworden. Ich hörte den Arzt sagen:

„Das Kind ist übertragen, es hat verschrumpelte Haut an Händen und Füßen."

Und hörte mich prompt antworten:

„Das kann gar nicht sein! Der errechnete

Geburtstermin ist erst nächste Woche!"

Doch es war so was von scheißegal, Hauptsache sie war endlich draußen!

Plötzlich lag da etwas Warmes, Glitschiges auf meinem Bauch: Mein Kind. Bei Arno, dem Vater des Kindes, brach sich die Erschöpfung und der Stress der vielen Stunden in krampfhaftem Schluchzen Bahn. Als er wieder zu sich kam, wurde ihm eine Schere in die Hand gedrückt, um sein Kind abzunabeln. Völlig hinüber bekam ich Vieles kaum noch mit. Nicht der kinderärztliche Check meiner winzigen Tochter, nicht das Nähen des Dammschnitts. Es war mir alles völlig wurscht. Es war endlich vorbei, ich wollte jetzt nur noch Ruhe, Ruhe und nochmals Ruhe.

WUTHUHN

Eigentlich hatte ich mich auf das Rooming-in, dem Zusammensein mit meiner kleinen Tochter, nach ihrer Geburt gefreut. Wir mussten uns schließlich erstmal beschuppern. Sie mich und ich sie, die von der ersten Sekunde an einen ausgeprägter Charakter zu haben schien. Auch ihr, durch die Geburt leicht gedetschtes Aussehen, war für mich gewöhnungsbedürftig. Ich fand, dass sie weder mir noch ihrem Erzeuger wirklich ähnlich sah, eher noch dem ehemaligen britischen Premierminister Winston Churchill, mit dem wir nun verwandtschaftlich wirklich nicht das Geringste zu tun hatten.

Das Muttersein selbst war äußerst gewöhnungsbedürftig, so sehr ich dies auch herbeigesehnt hatte. Wenn meinem winzigen Töchterchen Maxi etwas unangenehm war, die äußeren Umstände nicht absolut ideal waren, hub sie augenblicklich zu einem penetranten, ungehaltenen Geschrei an, so dass ich ihr bald den Spitznamen „Wuthuhn" verpasste, denn ihr Verhalten erinnerte mich stark an das aufgeregte, wütende Getue einer Ralle. Und da ich die Angewohnheit habe allem meinen eigenen Namen zu verpassen, nannte ich den schwarzen, kleinen Wasservogel mit dem roten Schnabel Wuthuhn.

Einen Tag nach ihrer Geburt, war bei dem kleinen Wurm eine Leberstörung festgestellt worden und sie war, um diese zu beheben, in einer Art Brutkasten mit ultravioletter Bestrahlung gelandet. Wie konnte es anders sein? Dies passte der kleinen Person überhaupt nicht! Und was tat sie? Sie brüllte wie am Spieß, schrie sich ihre kleine Seele aus dem Leib. Was die Säuglingsschwestern dazu veranlasste, bei mir umgehend vorstellig zu werden und mir vorwurfsvoll mitzuteilen:

„Ihr Kind schreit, es verlangt nach seiner Mutter!"

Also dackelte ich los, obwohl mir, bleiern müde und durch die strapaziöse Dehnung meiner Geburtsorgane und dem genähten Dammschnitt, das Laufen nicht gerade leicht fiel. Ich humpelte also, mich ganz behutsam vorwärts bewegend, den Flur entlang und bog unsicher in die Säuglingsabteilung ein, um ratlos vor meinem, im Brutkasten brüllenden Sprössling zu stehen.

Die Säuglingsschwester meinte trocken und nicht zu überhören pikiert:

„Ihre Tochter möchte ernährt werden!"

Ja, wie denn bitte, ohne Muttermilch? Die war selbstverständlich, so kurz nach der Geburt, noch nicht eingeschossen, wie es schön im Fachjargon heisst. Also drückte mir die Schwester ein Nuckelfläschchen mit Glukosesaft in die Hand, den ich meinem Winzling zu verpassen hatte. Selbstverständlich wehrte sich Maxi nach Kräften dagegen, den Zuckersaft zu trinken, denn sie erwartete zu Recht Muttermilch. Nach dem Füttern war die Windel dann völlig durchnässt und mir blieb nichts anderes übrig, als diese zu wechseln und mein Kind zurück in den ultraviolett bestrahlten Kasten zu legen. Dann durfte ich wieder abzittern, um zwei Stunden später erneut herbei zitiert zu werden, um erneut Glukosesaft zu füttern und Windeln zu wechseln. Alle zwei Stunden, Tag und Nacht, zehn Tage lang. Die Säuglingsschwestern waren erbarmungslos und sie ließen mir keine Chance, länger als zwei Stunden am Stück zu schlafen. Natürlich hätten sie das Füttern und Trockenlegen auch gelegentlich selbst erledigen können, was sie aus mir unerfindlichen Gründen jedoch niemals taten. Mitunter erschienen sie auch in stündlichen Abständen bei mir und ich hatte den schweren Verdacht, dass sie dies nicht ohne eine gewisse Häme taten. Nach diesen zehn Tagen Quälerei war ich mehr als froh, diesem Krankenhaus und der allzu natürlichen Geburt endlich den Rücken kehren zu können.

KIND GUT!

In kürzester Zeit, mitunter von Tag zu Tag, wechselte das kleine Gesichtchen das Aussehen. Mal ähnelte sie mir, mal ihrem Vater, mal aber auch gar nicht mit uns verwandten Menschen. Wie konnte dies sein? Wir beobachteten es mit Faszination und auch mit Besorgnis. Wir hatten sie zwar gezeugt, jedoch schien sie ein kleines, abgekoppeltes Wesen zu sein, das völlig unabhängig von uns, ihren Eltern, ihre Metamorphosen durchmachte.

Das weitaus größere Problem war allerdings die ungeheuer große physische Abhängigkeit meines Kindes. Pünktlich wie die Maurer verlangte es alle zwei Stunden nach Muttermilch. Nirgends stand etwas über diesen äußerst ermüdenden Ablauf. Viel hatte ich gelesen über Babys und ihre Ernährung, jedoch kam das der Realität nicht im Mindesten nahe. Meine robuste, junge Hausärztin meinte seinerzeit, ihre Kinder seien so fantastisch pflegeleicht gewesen, sie hätte sie nach dem Stillen einfach in die Ecke gestellt und fertig. Davon konnte bei meinem kleinen Quälgeist keine Rede sein, er wollte mich irgendwie nicht in Ruhe lassen.

Auch hatte ich nirgends gelesen, wie man richtig stillt. Ich hätte es auch vermutlich nicht finden können, denn es stand in keinem Artikel und in keinem Buch. Es wurde anscheinend vorausgesetzt, dass junge Mütter es automatisch wissen müssten. Ich legte mein Kind an und hoffte inständig, es käme genug Milch. Hätte ich gewusst, dass man Geduld haben muss, mit sich selbst und auch mit der Milchproduktion, wäre mir viel Kummer erspart geblieben. Auch meine alte, resolute, holländische Kinderärztin begegnete meiner Unsicherheit dem Stillen gegenüber mit wachsender Ungehaltenheit. Ihr aufmunternder Spruch in breitem, niederländischem Akzent, „Immer schön anlegen!", hörte ich völlig verständnislos. Das tat ich ja, doch nach ein paar Minuten begann sich das kleine Bündel von der Brustwarze zu lösen und zu greinen. Mich erfasste grundlose Panik: „Mein Kind verhungert, weil ich nicht genug Milch habe…!" Versagensängste beutelten mich. Ich wollte doch eine perfekte Mutter sein! Bei meinem zweiten Kind war ich schon gelassener. Ich legte meinen Sohn so häufig an wie möglich an und die Milchproduktion steigerte sich von selbst. Ich ernährte ihn über ein Jahr nur mit der Brust, er bekam zwar Obst und Gemüsebrei zugefüttert, aber er sah niemals Ersatzmilch. Weit entfernt davon war ich noch bei meinem ersten Kind. Da ich überhaupt kein Zutrauen zu mir und den Vorgängen meines Körpers hatte, fütterte ich sehr bald zu mit Frischkornmilch zu und als dies meinem Kind nicht behagte, mit Pre Abtamil, einer industriell aufbereiteten, der Muttermilch angenäherten Kuhmilch.

Zusätzlich saßen mir Tabellen mit Kopfumfängen und Gewichten von Säuglingen im Nacken. Meine Tochter jedoch wollte diesen Vorgaben ums Verrecken nicht entsprechen. Sie war und blieb ein Außenseiter, ein vermeintlicher Mickerkater, im Sinne all dieser Vorgaben für unsichere Mütter. Die schon erwähnte holländische Kinderärztin stoppte meinen starren Blick auf besagte Tabellen auf ihre Art. Bei einer der Vorsorgeuntersuchungen sagte sie trocken und etwas unwirsch:

„Ihr Kind ist zwar schlank, aber harmonisch schlank. Alles ist bei ihr am rechten Platz. Tabellen sind völlig Nebensache."

Ins Vorsorgeheft schrieb sie ganz kurz und knapp: *Kind gut!* Damit war die Sache ein für allemal vom Tisch.

Sie robbt…!

Nichts war vor ihr mehr sicher. Alles, was uns wichtig war, musste jetzt in höheren Regionen untergebracht werden. Und nicht nur das: Maxi übte an unserer weißen Ikea-Liege ihre alpinen Fähigkeiten, indem sie sich, mit welchen Tricks auch immer, auf die Sitzfläche hinaufzog, um dann von dort, todesmutig und voller Elan, ihren kleinen Körper über die rechte Seitenlehne der Liege zu schwingen und in die Tiefe zu stürzen. Dort in der Ecke unseres Wohnzimmers angekommen, brüllte sie wie am Spieß nach mir, um aus ihrer unerwartet misslichen Lage befreit zu werden. Hatte ich das folgsam getan und sie wieder auf dem Teppich in der Mitte des Raumes platziert, so ging das ganze Spiel von vorne los. Sie hatte einen Heidenspaß daran, ihre Grenzen und vor allem meine auszutesten und es war ihr piepegal, ob sie sich dabei wehtat.

Einige Monate zuvor, etwa mit einem halben Jahr, wollte sie ums Verrecken nicht im Buggy sitzen, obwohl sie dasselbe erst kurz zuvor gelernt hatte, sie wollte stehen, aussteigen und war von diesem Vorhaben und von Schlimmerem nur durch konsequentes Angurten abzuhalten. Nicht immer gelang mir dies rechtzeitig. Wenn sie in ihrem Wippesitz bei mir in der Küche auf dem Boden saß, begann sie erst ganz wenig auf- und abzuschwingen, dann immer und immer stärker, solange, bis Maxi eines Tages nach vorne kippte und mit dem Gesicht voll auf den Fliesen aufschlug und sich eine hässliche Beule mitten auf der Stirn zuzog. Kurz, sie brauchte es anscheinend, in Bewegung zu sein. Ich brauchte diese ständige Angst um meinen Winzling weniger.

Als sie nun laut heulend, bäuchlings auf dem Boden lag, glaubte ich steif und fest, meine Tochter hätte sich eine Gehirnerschütterung oder Schlimmeres zugezogen. Was zur Folge hatte, dass wir, die Eltern, mal wieder völlig verzweifelt und panisch bei unserer Kinderärztin herumsaßen und nur sehr schwer zu beruhigen waren. Maxi indes war wieder munter wie immer.

Längst hatten wir alle zerbrechlichen Gegenstände oder wertvolleren Bücher nach oben in die Regale verfrachtet, was unsere Tochter überhaupt nicht davon abhielt, mit dem Rest der Bücher Seitenausreißen zu spielen und etwas später Bücheranmalen. Sobald sie sich aufrichten konnte, ließ sie ihrer Kreativität freien Lauf und verzierte, zu unserem Leidwesen, Möbelstücke und Wände mit Buntstiften und Filzern.

Vom Stehen bis zum Laufen war es dann nur noch ein relativ kleiner Schritt. Den vollzog sie mit beinahe 40 °C Fieber, während irgendeiner kindlichen Virusinfektion, indem sie mehr stolpernd als laufend, äußerst energisch, einen mit Spielzeug gefüllten Korb vor sich her schob.

MIKADAU

… war Maxis erstes, verstehbares Wort. Wer oder was aber war dieses Mikadau? Zunächst waren wir ratlos. War es vielleicht eine Zusammenziehung von Maxi-Maus? Es konnte alles Mögliche sein. Der Vater meines Kindes und ich einigten uns schließlich auf eine ungewöhnliche Version von Micky Maus.

Als unsere Tochter mehr als nur dies eine Wort drauf hatte, hörte sie nicht mehr auf zu braseln. Ihr Mundwerk ging den ganzen Tag unaufhörlich und ihr Sprachstrom versiegte lediglich, wenn sie schlief. Ein Glück! Besonders gerne textete sie uns voll, wenn sie bei längeren Fahrten hinter uns in ihrem Kindersitz in unserem Auto saß. Wir mussten uns dann ganze „Opern" anhören, von denen wir nicht wirklich viel verstanden, denn vom Satzbau hatte unsere Tochter noch nicht viel Ahnung und von den meisten landläufigen, deutschen Wörtern genauso wenig. Im Grunde hatte sie eine neue

Sprache erfunden, die Maxi-Sprache, die sich zwar im weitesten Sinne wie Deutsch anhörte, aber doch eine neue, ganz eigenständige war.

Als das, was sie von sich gab, schon mehr zum Verstehbaren tendierte, bekamen alle Wörter mit Bl am Anfang statt des L einfach ein R und aus Bluse und Blume wurde so *Bruse* und *Brume*. Sie wollte es so, man konnte nichts machen, denn selbst, als ich sie darauf hinwies, dass es anders hieß, blieb sie dabei.

Kurz bevor Maxi ihr zweites Lebensjahr vollendete, schneite es. Es war ihr erster, bewusster Schnee. Sie stand eingemummelt in unserem Garten, streckte ihre Ärmchen gen Himmel und rief verzückt:

„Krümetze! Alles Krümetze!", denn sie war vermutlich der Annahme weiße Brotkrümel kämen auf sie herabgesegelt.

Die Legomafia?

Bis jetzt war unsere Erstgeborene noch so klein, dass sie sich in erster Linie allein dafür interessierte ihre Gliedmaßen zu koordinieren. Wir hatten einen Korb mit kleineren und größeren, geschliffenen und polierten Baumscheiben gut erreichbar für den kleinen Wurzel aufgestellt. Selbstverständlich hatte ich Maxi vorgemacht, was sie damit anstellen konnte, aber sie zeigte den mehr oder weniger mühsam gesammelten Scheiben die kalte Schulter. Auch für die kleinen Holzschälchen und die selbstgenähten Waldorfpüppchen, mit denen man doch so schön Mutter und Kind spielen konnte, hatte sie zunächst nicht viel übrig. Favorit war stattdessen das große, massive Holzschaukelpferd, auf dem man ordentlich rumtoben konnte.

Auf gar keinen Fall waren wir bereit, unser Kind in die gigantisch großen Arme der Playmobil- und Legomafia zu treiben. Statt dessen sammelten wir fleißig bei jedem Waldspaziergang Äste und Zweige, die dort zur Genüge

herumlagen und aus denen wir besagte Holz-
scheiben sägten, die unser Kind genauso gut
übereinander türmen konnte wie gekaufte
Holz- oder Plastikklötze. Aus diesen bastelte
ich eine lange Klapperschlange mit Holzperlen
zwischen den Gliedern, die man mit herrlichem
Getöse hinter sich herziehen konnte.

Dies selbst Hergestellte bot der Phantasie er-
heblich mehr Raum, als die buntbemalte, gekaufte Variante und wirkte darüber hinaus so
entzückend archaisch, meinten wir, die wir
in den Fünfzigern und Sechzigern mit fur-
niertem, auf schnellen Verschleiß hergestellten
Pseudoholz aufgewachsen waren. Wir Aufbau-
jahregeschädigten hatten wirklich keinen wei-
teren Bedarf mehr an Künstlichkeit und bevor-
zugten richtiges, massives Holz, in allem, was
uns umgab, sowohl in unserem Mobiliar als
auch im Spielzeug, das schon verdammt lange
in der Hauptsache aus, an Künstlichkeit kaum
zu überbietendem, Plastik bestand. Wir sagten
der Schnelllebigkeit, dem oberflächlichen Kon-
sum und der Phantasielosigkeit den Kampf an.
Wie unser Vorhaben ausgehen würde, war bis
dato überhaupt nicht klar. Auf gar keinen Fall
wollten wir so ohne Weiteres kampflos der krei-

schend, bunten Plastikvariante das Feld überlassen! Besser unserem Kleinkind der gähnenden Langeweile überlassen oder sich durch den Frust zum Holzspielzeug durchkämpfen lassen, als das.

Drei Jahre hielten wir tapfer stand, im vierten Jahr dann waren wir endlich mürbe. Unsere Tochter hatte gesiegt, nicht auf ganzer Front, aber doch soweit, dass wir ein gebrauchtes, wild durcheinander gewürfeltes, gebrauchtes Paket mit Legosteinchen, Zahnrädchen, Kurbelwellen, Schirmchen und Figürchen besorgten. Und siehe da, Maxi baute sich damit völlig selbstvergessen in ihrem Sandkasten eine kleine Märchenwelt. Unsere Ideologie hatte kräftige Risse bekommen und sie sollte mit den Jahren noch weitaus größere bekommen.

GIFTNOTZENTRALE

Einen winzigen Augenblick war ich unaufmerksam gewesen, während ich Laub fegte, und schon hatten sich ihre flinken kleinen Fingerchen irgendetwas, das unter dem Baum über unserem Eingangstor gelegen hatte, in den Mund gesteckt. Hätte ich gewusst, was da in ihrem Mund verschwunden war, wäre ich nicht besonders aus der Ruhe geraten, so aber war ich nicht wenig beunruhigt. Zu meinem Leidwesen probierte Maxi alles aus, woran sie mit ihren kleinen Armen reichte, selbst verständlich auch in unserem Garten. Sofort wollte ich wissen, woran sie so eifrig herumkaute und was sie, bevor ich es verhindern konnte, auch schon herunter geschluckt hatte. Sie deutete auf die Büschel mit tiefroten Beeren, die zwischen dem Laub vor unseren Füßen lagen. Panik stieg in mir hoch! Was, wenn mein Kind Gift geschluckt hatte? Ich ließ alles stehen und liegen, stürzte ans Telefon und rief sofort die Giftnotzentrale an. Die rieten mir meine Tochter zu schnappen, einige der bewussten Beeren mitzunehmen und mich zu ihnen auf den Weg zu machen. Was ich auch, ohne lange zu zögern, tat.

Die Giftnotzentrale lag im nahe gelegenen Kinderkrankenhaus. Blind vor Angst stolperte ich mit meiner Maxi im Buggy in den Behandlungsraum, schilderte, was meine Tochter da heuntergemamft hatte. Maxi, der Delinquentin, ging es derweil erstaunlich gut, was mir überhaupt nicht auffiel, sie zeigte nicht im mindesten Anzeichen von Unwohlsein. Im Gegenteil, sie fragte sich wohl, was das ganze Theater bedeuten sollte, warum ich sie so aufgeregt durch die Gegend schleifte.

In der Zwischenzeit hatte die Dame auf der anderen Seite des Schreibtisches sich in aller Gemütsruhe der mitgebrachten Beeren und Blätter bemächtigt und mich dazu aufgefordert Ruhe zu bewahren. Sie hatte gut reden. Um ihr Kind ging es ja nicht! Die Dame wälzte weiter in aller Seelenruhe einige botanische Bücher, um herauszufinden, um welche Pflanze es ging. Irgendwie schien es nicht unbedingt einfach zu sein herauszufinden, in welche Kategorie sie gehörte. Doch schließlich fand sie es doch heraus und meinte die Gesuchte sei aller Wahrschein-

lichkeit nach Weißdorn und der, beziehungs-
weise seine Früchte, sei nicht giftig. Allerdings
solle ein Kleinkind nicht allzu viel davon futtern, da es den Kreislauf zu stark stimuliere...
Was wusste ich denn, wie viel sich Maxi davon
einverleibt hatte? Aber da sie immer noch recht
munter war, konnten es wohl nicht allzu viele
Beeren gewesen sein. Ein dicker Stein plumpste
mir vom Herzen. Ich konnte es immer noch
nicht recht glauben, aber anscheinend konnte
ich mich getrost von der Palme herunter bewegen und den Weg nach Hause einschlagen.

Ein kleiner,

peitschender Teufel

Genug Kinder gab es in unserer Gegend, mit denen unserer Nachwuchs hätte spielen können. Eines der Gründe, warum ich genau hier ein Haus haben wollte! Hier gab es darüber hinaus beschauliche, übersichtliche Wege, in denen Kinder, wenn sie denn nicht zum nahe gelegenen Spielplatz gehen wollten, in Ruhe und ohne Gefahr spielen konnten. An Nachwuchs um uns herum gab's auch nicht wirklich Mangel, trotz allem glaubten wir uns rechtzeitig um einen Kindergartenplatz bemühen zu müssen. Wir spazierten ziemlich oft um das gemütlich anheimelnde Holzgebäude eines Waldorfkindergartens, in einem großzügigen Garten gelegen, herum.

„Was konnte es Idealeres geben?", dachten wir euphorisch und besichtigten bei nächst bester Gelegenheit einen solchen Waldorfkindergarten. Nicht denselben, den wir, mein Mann und ich, uns ausgeguckt hatten, sondern einen, in einem sehr viel moderneren Gebäude, denn der andere war leider nicht zu besichtigen. Schon die erste Ernüchterung!

Was Waldorfpädagogik bedeutete, war uns im Großen und Ganzen klar, denn Literatur über dieses Thema hatten wir zur Genüge gewälzt. Was wir nicht wussten: Wie sieht die Praxis aus? Die Menschen, die mit uns die Räumlichkeiten begutachteten, sprachen leise und gedämpft, bewegten sich allzu vorsichtig, als hätten sie Furcht jemanden zu erschrecken. Die ganze Atmosphäre, das wurde uns sehr schnell klar, hatte nichts Natürliches und Offenes, eher etwas überaus Verklemmtes, ja, etwas Unwirkliches. Alles um uns bewegte sich wie auf rohen Eiern, übrigens auch die Kinder, die Mimik entsprach den Bewegungen.

In mitten dieser Unnatürlichkeit brach sich plötzlich ein kleiner vier- oder fünfjähriger Bengel mit einer Peitsche bewaffnet Bahn und peitschte, haste was kannste, um sich, besser, er traktierte lautstark den Fußboden! Niemand, aber auch niemand, beachtete dieses Kind, er schien zu niemandem zu gehören oder niemand wollte zu ihm gehören. Wie ein kleiner, blindwütiger Teufel schlug er Minute um Minute um sich. Ich beobachtete fasziniert, was passieren würde. Aber nichts passierte, niemand wies ihn zurecht, niemand nahm ihm die Peitsche fort. So schnell wir konnten, wendeten wir uns dem Ausgang zu und suchten diesem Irrsin zu entkommen. Das Thema Waldorfkindergarten und Waldorfpädagogik sahen wir von dem Tag an mit etwas anderen Augen…

BOTSCHAFT AUS DEM OFF

Klein Maxi hatte einen Riesenspaß uns vollzu-
texten, jedoch war nicht alles, was sie von sich
gab, spruchreif. Je weiter sie allerdings an die
Zweijahresmarke heranreichte, desto mehr erg-
ab das, was sie von sich gab, einen Sinn.

Eines schönen Tages, sie war gerade Zwei geworden, teilte sie uns klar und deutlich mit, sie
hätte eigentlich eine ganz andere Mama. Ich
war nicht wenig verblüfft, aber versuchte diese
Mitteilung mit nachsichtigem Humor zu nehmen und lächelnd zurückzufragen:

„Wer ist denn deine richtige Mama?"

Die Antwort kam prompt und wie aus der Pistole geschossen:

„Sie heißt Maren und ist Lehrerin."

Aha, nun hatte ich's… Schön und gut, aber woher kannte unsere Zweijährige den Beruf der
Lehrerin und vor allem, woher den Namen Maren, der genauso wenig in unseren Unterhal-
tungen gefallen war, wie Lehrerin? Erstaunlich!
Aber auch nicht wenig unheimlich! Ich schaute

die selbstbewusste, kleine Person vor mir konsterniert und befremdet an. Es sah nicht so aus, als hätte sie dies alles erfunden, um uns hochzunehmen. Dazu war ein Mädchen in ihrem Alter doch wohl noch nicht in der Lage, oder? Obwohl es sehr stark den Anschein hatte…

Was fing man also jetzt mit dieser Botschaft an? Wir, ihre Zweiteltern, entschieden unsere Tochter ernst zu nehmen, was beinhaltete, auch den okkulten Inhalt ihrer Worte zur Kenntnis zu nehmen, auch wenn er äußerst gewöhnungsbedürftig erschien. Wir mussten uns halt damit abfinden eine Tochter zu haben, die Erfahrungen mit Reinkarnation hatte. Allerdings blieb diese Botschaft aus dem Off die einzige. Es war ihr leider nichts weiter zu dem Thema zu entlocken.

NIE WIEDER RUTSCHE!

Was macht man mit einem jungen Vater, der von nichts und niemand davon abzuhalten ist mit seiner Zweijährigen die große, gewendelte Wasserrutsche herunter zu rutschen? Zwecklos ihn darauf aufmerksam zu machen, dass dies selbst für mich ein zu großes Abenteuer, erst recht aber für so ein kleines Wesen war. Ich sah den beiden mit zwiespältigen Gefühlen nach, die kleine Rutsche zum Planschbecken hätte auch genügt. Zunächst schien Maxi noch begeistert zu sein, als die beiden in Richtung Wasserrutsche verschwanden. Als sie jedoch wieder zu mir zurückkamen und ich das verheulte Gesichtchen sah, war mir sofort klar, dass da etwas voll in die Hose gegangen war. Maxi weigerte sich in der Folgezeit selbst einer Spielplatzrutsche zu nahe zu kommen. Alle Überredungsversuche meinerseits schlugen fehl. Unser Kind hatte anscheinend ein Wasserrutschtrauma davon getragen. Also gingen wir auf den Spielplatz und ließen Dieselbe links liegen.

Es verging ein halbes und dann ein Jahr, nichts war zu machen. Rutschen waren nicht drin. Sie würdigte sie keines Blickes. Es sah tatsächlich so aus, als würde sie die Angst nicht mehr loswerden… Ja, bis ich eines Tages auf den Trick kam, einfach ohne meine Tochter ganz allein auf die Rutsche zu steigen und runterzurutschen. Das kostete selbstverständlich einige Überwindung, als Erwachsener auf so ein Ding zu klettern und da runter zu rutschen. Alle Kinder rundherum guckten blöd, aber was soll's? Ich machte das einige Male und Maxi sah von unten zu.

„Willste auch mal?", fragte ich ganz nebenbei. „Es macht Spaß und ist überhaupt nicht schlimm!"
Sie wollte nicht, war aber nicht mehr ganz uninteressiert. Beim nächsten Spielplatzbesuch ging ich wieder allein rutschen und fragte wieder ganz nebenbei, ob sie mitrutschen wolle. Jetzt wollte sie. Also stiegen wir beide hoch und rutschten zusammen, sie zwischen meinen Beinen, herunter. Das Eis war gebrochen. Noch ein paar Mal mit mir gemeinsam und die Angst vor dem Horrording war endlich überwunden.

MIT FEDERN BESTECKT

So ziemlich jeder, der unsere Maxi sah, nachdem ihr genügend Haare gesprossen waren, war begeistert ob ihres blonden Lockenkopfs. Je älter sie wurde, desto dichter und kleiner wurden diese Locken und ältere Frauen pflegten mich sehr oft zu fragen, ob denn die Haarpracht echt sei oder ob ich da nachgeholfen hätte. Nein, hatte ich nicht, brauchte ich auch nicht, denn Maxi hatte dies Gekräusel von ihrem Vater geerbt, dem zu diesem Zeitpunkt allerdings schon etliches davon oben auf seinem Kopf abhanden gekommen war. Aber erkennbar war immer noch, von wem unsere Tochter die Locken hatte. Von mir jedenfalls nicht, auch dies war klar, denn zu dieser Zeit ließ ich meine spagettigeraden Haare raspelkurz schneiden, mit anderen Worten: Ich trug den Igel.

Ob nun diese meine Frisur Maxi dazu inspiriert hatte, ihrerseits zur Schere zu greifen und Friseur zu spielen, weiß ich nicht. Auf jeden Fall erschien sie eines Morgens mit ihrer kleinen

Kinderschere in der Hand und verlangte, freudestrahlend auf ihren Kopf deutend, Beifall. Mir blieb fast der Atem weg, angesichts dessen, was ich da sah. Meine kleine Zweijährige hatte sich fast sämtliche Locken abgeschnitten, allerdings in unregelmäßiger Länge. Sie sah tatsächlich so aus, als sei sie unversehens in eine Häckselmaschine geraten oder als sei sie ein Vogel in der Mauser. Eben grauslich! Ich konnte beim besten Willen keine Begeisterung heucheln, sie wäre mir im Halse stecken geblieben. Ich fragte Maxi, so ruhig es mir unter diesen Umständen möglich war, warum, um alles in der Welt, sie dies getan hatte. Inzwischen war auch ihr die Euphorie abhanden gekommen, ob meines Entsetzens, sah mich ziemlich bedeppert an und zuckte hilflos mit ihren kleinen Schultern. Nach ein paar Minuten hatte ich mich wieder gefangen und so einigermaßen im Griff. Der kleine, freche Wurzel sah mit seinen Haarbüscheln, die alle eine unterschiedliche Länge zu haben schienen, wirklich saukomisch aus.

Wie sollte ich in diese vermurkste Frisur Ordnung bekommen? Ich holte meine Haarschneideschere und versuchte das Unmögliche: Ich schnitt Maxis Haare auf eine Länge, nämlich auf die der kürzesten Stoppel. Viel war nicht übrig geblieben von ihrer gelockten Haarpracht, eigentlich gar nichts. Aber da die Natur auch die kürzesten Haare nachwachsen lässt, musste ich halt nur genügend Geduld aufbringen. Die Zeit würde alles wieder in Ordnung bringen. Die kleine Haarkünstlerin überbrückte die Zeit des Nachwachsens findig und phantasievoll, indem sie sich bunte Federn in die kurzen Fransen steckte.

DIE LIBANESEN

Sie waren eine große Familie, auch schon damals, als unsere Erstgeborerene ihr erstes Lebensjahr vollendet hatte. Sie vergrößerte sich noch weiter, Jahr um Jahr, denn diese Kinder waren der Garant für die Familie nicht ausgewiesen zu werden, nicht in den Libanon zurück zu müssen. Das älteste Kind, ein Mädchen von etwa zehn Jahren, zog seine vielen, rotznasigen, kleineren Geschwister wie einen Rattenschwanz hinter sich her, wenn sie an unserem Haus vorbei, in Richtung Spielplatz, unterwegs waren.

Eines schönen Tages kam ich mit ihr ins Gespräch, denn sie war sehr aufgeschlossen und zugänglich. Von da an war es nur noch ein kleiner Schritt, bis all die kleinen Gören bei mir herumsaßen und mit Maxis Spielsachen spielten. Mir war es nur recht, wenn meine Kleine auf diese Weise Spielgefährten bekam. Maxi, der Sprache noch nicht so ganz mächtig, was sie mit den meisten ihrer neuen Spielkameraden gemeinsam hatte, saß staunend daneben, wie sich die Horde mit ihren Klötzen und Puppen vergnügte. Ganz recht war es ihr nicht, nicht mehr die Hauptperson zu sein. Ganz im Gegenteil, sie verzog, obwohl sonst Fremden gegenüber die Freundlichkeit in Person, miesepetrig das Gesichtchen. Der Trubel gefiel ihr ganz und gar nicht. Hinterher, wenn alle wieder ihres Weges gezogen waren, hatte ich das Chaos wieder zu beseitigen. Was tut man nicht alles, um seinen Sprösslingen Gesellschaft zu bieten und sie ganz nebenbei zu sozialisieren? Allzuoft allerdings mußte ich dieses Theater auch nicht haben, denn es war nicht wenig anstrengend auf all die kleinen Rotznasen aufzupassen. Auf ihrem Weg zum Spielplatz kamen sie von nun an öfters vorbei und verwandelten unser Haus in ein Chaos. Bei ihren Besuchen ließen sie auch das eine oder andere Spielzeug mitgehen. Es waren nur Kleinigkeiten und nicht der Rede wert. Als jedoch auch eine nicht gerade billige Mundharmonika verschwunden war und sie nach längerem Suchen verschwunden blieb, fand auch ich die Besuche der Libanesenkinder nicht mehr ganz so amüsant wie zu Beginn.

Kontaminiert!

Was fängt man mit der Aufforderung an, mit kleinen Kindern am Besten bis auf Weiteres nicht mehr nach draußen zu gehen, auch nicht in den Garten, sie um Gottes Willen nicht im Sand spielen zu lassen? Und sich dann aufgefordert sah, wenn man dennoch draußen gewesen war und nun ins Haus kam, die Füße sehr sorgfältig abzuputzen, um ja nicht zu viel Radioaktivität ins Haus zu schleppen. Dies zu einer Zeit, in der unsere Tochter Maxi noch hauptsächlich über unseren Teppichboden robbte, sich zwar schon aufgerichtet hatte, jedoch die meiste Zeit spielend auf dem Boden liegend, wie alle Fastnochbabys zubrachte.

Jeden Tag prasselten neue Schreckensmeldungen durch Funk und Fernsehen auf uns nieder. Was hatten wir in diesem Frühjahr 1986 nicht alles zu tun und noch mehr zu lassen, seitdem in der Ukraine, ein marodes Atomkraftwerk geborsten und dessen radioaktive Bestandteile sich mit Hilfe des Windes über ganz Nord-Europa verteilt hatten? Nicht nur, dass wir uns in unseren vier Wänden auf Zeit verrammeln sollten, im Grunde waren auch sämtliche Nahrungsmittel, Gemüse und Obst Tabu, die gerade jetzt im Frühjahr zu sprießen begannen. Also die Nahrungsaufnahme am besten völlig einstellen! Belastete Kuhmilch von Kühen, die bereits auf den Weiden grasten, ging beispielsweise gar nicht, also besorgten wir zunächst einmal eine Großpackung Trockenmilch, mit der wir hätten unseren gesamten Stadtteil für die nächsten Monate versorgen können. Alles, was nicht nach frisch geerntet aussah, wie Getreide, Kartoffeln und Butter, die schon geraume Zeit auf Halde lagen.

Irgendwann sagten wir uns, dass dieser Speiseplan auf die Dauer zu eintönig und zu wenig schmackhaft wäre und nicht die lebensnotwendigen Vitamine enthielt, die unsere kleine Tochter und wir zum Leben benötigten. So gingen wir zur Normalität über. Entweder lebten wir in den nächsten Jahren nur von Konserven und bekamen Skorbut oder wir akzeptierten die drohende Radioaktivität so schnell wie möglich. Und so geschah es. Als erstes besorgten wir uns frische Roh- oder besser Vorzugsmilch von einem Bauern, dessen Kühe im Frühjahr noch im Stall standen und Heu vom Vorjahr fraßen.

Je mehr Monate ins Land gingen, desto mehr gingen auch wir zur Normalität über, denn in ständiger Angst und Panik zu leben, hält niemand aus, genauso wenig wie von Kartoffeln, Butter und Trockenmilch zu leben. Als nächstes wurde weiter unser Garten umgebaut und Maxi, unsere inzwischen anderthalbjährige Tochter, bekam einen eigenen Buddelkasten!

Der kleine Stinker

Jeden Tag zigmal Windeln wechseln gehört zum Kinderkriegen, Kinderhaben dazu. Das ist klar, jedoch auch über das zweite Lebensjahr des Sprösslings hinaus? Seinerzeit, kurz nach dem zweiten Weltkrieg, war meine Mutter schon glücklich, überhaupt an Windeln aus Stoff zu kommen, die dann selbstverständlich jeden Tag gewaschen werden mussten. Vermutlich hatte sie nach einem Jahr die Schnauze gestrichen voll davon und so blieb mir seinerzeit nichts anderes übrig als sauber zu werden, sprich, mich auf dem Töpfchen zu entleeren. Da wurde nicht lange gefackelt! Nicht so bei Maxi, meiner Erstgeborenen… Der gefiel es ausgezeichnet mit den Pampers am Hintern und dem Töpfchen in weiter Ferne. Ich schaffte zwar ein schönes, rosa Töpfchen an, doch das wurde von dem kleinen Scheißer zweckentfremdet und landete, statt sich draufzusetzen, als Hut auf ihrem Kopf. Wie schick! Es stank mir, je älter sie wurde, immer mehr, ihre festen, nicht besonders gut duftenden Rückstände via Windel zu beseitigen und danach den Po mit Öl oder Wasser und Seife zu säubern. Auf den Wickeltisch passte sie schon längst nicht mehr, also musste der Windelwechsel im Stehen vonstatten gehen, und auch das Säubern. Ein Buch über's Sauberwerden hatte mir berichtet, dass Kinder von selbst wüssten, wann sie keine Windel mehr wollten. Also warteten wir auf ein Zeichen, was nicht kommen wollte…

Bei einem Ikea-Besuch mit Kind gaben wir Maxi in der Ikea-Krippe mit den schönen, bunten Kugeln ab, die sie so toll fand. Papa und Mama schlenderten, wie erlöst, endlich mal allein und ohne Kind durchs Kaufhaus. Allerdings nicht sehr lange. Plötzlich hörten wir leise, aber deutlich eine Durchsage:

„Maxi Winter möchte gewindelt werden!"
Unser kleiner Scheißer hatte mal wieder zugeschlagen! Wir beschlossen die blöde Durchsage zu ignorieren, aber nach ein paar Minuten hörten wir sie penetranterweise wieder und noch lauter und deutlicher als zuvor. Wie peinlich! Und alle Kunden um uns herum hatten dies mitgekriegt. Wir fragten uns schon, warum um

alles in der Welt wir jetzt im gestreckten Galopp zur Kinderaufbewahrung hasten mussten. Konnte die dämliche Kindergartentante unsere Tochter nicht selbst windeln? Sie tat es nicht und wir mussten, wie die reuigen Sünder, unseren vollgeschissenen Sprössling abholen und sozusagen mit Schimpf und Schande den Ort der Tat verlassen.

Langsam reichte es uns. Was sollte noch alles passieren, bevor unsere Tochter beschloss sauber zu werden? Würde ich ihr mit zwanzig noch die Windeln wechseln müssen? Mein Mann, den die Sache nur so am Rande betraf, denn er wechselte die Windeln Maxis nur ganz selten, übergab ich kurzerhand die lästige Tätigkeit, was zur Folge hatte, dass er seine laut brüllende Tochter nach Entfernen des Corpus Delictis in der Badewanne eiskalt abduschte. Dabei behauptete er wutentbrannt, dass er ihren inneren Schweinehund schon auf diese Weise bewegen würde anderen Sinnes zu werden. Auch dies hatte keinerlei Auswirkungen auf das Windelproblem. Es löste sich übrigens erst kurz vor der Geburt unseres zweiten Sprösslings und da hatte unsere Tochter ihr viertes Lebensjahr schon vollendet.

ALEXANDRA

Mitunter stand Maxi, der kleine Pöks, mitten in einer ganzen Horde von Kindern, doch keines spielte mit ihr, denn sie war die Jüngste und konnte sich noch nicht so recht artikulieren mit ihren zwei Jahren. Auf jeden Fall nicht so, wie alle anderen Kinder um sie herum. Sie stand meist daneben und war das Unglück in Person. Doch eines Tages war Alexandra da, ein kleines, moppeliges, rothaariges Etwas und genauso alt wie Maxi selbst und von dem Tag an war alles anders und gut. Alexandras Oma brachte sie mit, wenn diese wöchentlich ihre alte Mutter besuchte, die in einem der Häuser gegenüber lebte. Diese Uroma war unserer kleinen, umtriebigen Tochter schon lange bestens bekannt, durch ihre Touren durch diverse Nachbarhäuser, in denen meist alte, alleinstehende Damen lebten, die anscheinend froh waren sich mit einem kleinen, plappernden Wesen zu unterhalten. Bei diesen Stippvisiten wurde Klein Maxi meist mit Eierkuchen, Kartoffelpuffer oder ähnlichen Leckereien versorgt. Wenn sie dann zu mir zurückkam, war ihr kleiner Magen voll und kein Platz mehr für das Mittagessen, das ich gekocht hatte. Mit Klein-Alexandra nun war die Welt wieder in Ordnung. Die beiden sahen sich und waren ein Herz und eine Seele. Sie tobten, verkleideten sich, malten mit Fingerfarben, buddelten in Maxis Sandkasten. So besonders viel sprachen sie nicht und wenn, verstand der eine, was der andere wollte, denn sie waren ja auf dem gleichen Level.

Zwei glückliche Jahre gab es Alexandra einmal wöchentlich. Dann kam sie plötzlich nicht mehr mit ihrer Oma zusammen zur Uroma. Sie ging, wie wir erfuhren, in den Kindergarten. Der Schock musste erst mal verarbeitet werden. Aus der Traum von einer Woche zur anderen! Der Schmerz war groß. Maxi wusste nicht, was ein Kindergarten war und eigentlich dachten wir auch ohne auszukommen mit all den diversen Kindern um uns herum, aber Maxi wollte von Stund an auch in einen solchen und selbstverständlich in genau den, in den auch Freundin Alexandra ging. Der Haken war dabei nur, dass Maxi nicht stubenrein war, sie trug noch immer Windel und benutzte sie auch kräftig. Aber Kinder mit Windel waren seinerzeit absolut indiskutabel für Kindergärten. Kindergärtnerinnen wollten pflegeleichte, sauber duftende Kinder und keine kleinen Stinker, deren Windel sie wechseln mussten. Maxi musste sich wohl oder übel überlegen, was sie wollte: Windel oder Freundin Alexandra? Wie konnte es anders sein, sie entschied sich also von ihrem Rettungsfallschirm Windel zu lassen.

Als sie viereinhalb war, konnten wir sie endlich im Kindergarten anmelden und erfuhren ganz nebenbei, dass es dort keine Alexandra mehr gab, sie war inzwischen ihrer Mutti in die USA gefolgt. Was nun? Kindergarten da, Alexandra weg. Wir mussten es unserer Tochter schonend mitteilen und auch fragen, ob sie unter diesen Umständen immer noch bereit sei, dorthin zu wollen. Erstaunlicherweise wollte sie, auch ohne ihre kleine Freundin. Wenn schon nicht Alexandra, dann eben andere Kinder.

Jeden Tag war nun Hinbringen und Abholen dran, obwohl es mir wöchentlich schwerer fiel, denn ich war wieder schwanger. Auch Maxi hatte sich den Kindergarten etwas anders vorgestellt. Eben so wie das Spiel mit ihrer abhandengekommenen Freundin und nicht irgendeine unter zwanzig lärmenden Kindern zu sein, von denen zwei Brüder, Zwillinge, ständig die ganze Gruppe aufmischten. Bis zum Spätherbst hielt sie durch, dann war unsere kleine Tochter durch nichts auf der Welt dazu zu bewegen dorthin zu gehen, wo keine Alexandra war.

KNALLIGE KNÖPFE

Stoffe kaufen ging ich ziemlich häufig und regelmäßig, um mir und meinen Sprösslingen Kleidungsstücke zu nähen. Fast alles, was ich trug, war handmade. Es hat übrigens Tradition in meiner Familie kreativ zu sein, und das, was man selbst machen kann, selbst zu machen. Da meine Urgroßmutter Schneidermeisterin war und auch meine Mutter all ihre Klamotten selbst genäht hatte, liegt's wohl in der Familie und warum sollte ich, als gelernte Damenschneiderin und Modedesignerin, Klamotten tragen, die fremdgefertigt waren?

Als sich meine Kinder noch im Babyalter befanden, war der Kindersecondhandladen unsere bevorzugte Wahl, denn es ist weitaus praktischer und preiswerter Baby- und Kleinkinderkleidung gebraucht zu kaufen. Allerdings, je älter sie wurden, meine Sprösslinge, umso häufiger benutzte ich meine Nähmaschine, um ihr Outfit zu vervollständigen und, angesichts der wunderschön, knalligen Stoffe, das absolute

Vergnügen! Stoffe anzuschauen und zu kaufen war auch für meine Mutter ein absolutes Muss, und sie kam selten aus der Innenstadt ohne einen größeren Packen Stoffe nach Hause, der auf Halde gelegt wurde, um irgendwann zu Kleidungsstücken zu werden. So wie die Mutter, also auch die Tochter. Bis heute stapeln sich Stoffe in unseren Schränken und Kommoden, die eines Tages zu einer Bluse oder Hose oder etwas anderem werden.

Als Maxi Kleinkind war, kam sie selbstverständlich mit mir ins Stoffgeschäft *Nadel & Faden*. Während ich Stoffe bewunderte oder kaufte, verschwand sie zum Knopfschrank in einer Ecke des Geschäftes. Es gab dort nicht nur schlichte Knöpfe für Große, es gab selbstverständlich schöne, bunte, knallige Knöpfe für Kinderkleidung. Was jetzt kam, wusste ich schon zur Genüge:

„Du Bärbel, kann ich einen Knopf haben?"

„Wozu willst du den Knopf?"

„Einfach nur so, die sind so toll!"

„Wie, einfach nur so? Du weißt schon, wofür Knöpfe da sind? Die werden eigentlich an Blusen oder Kleider genäht!"

„Bitte, bitte, Bärbel, nur einen Knopf!"

Und Bärbel ließ sich jedes Mal wieder breitschlagen und kaufte ihrer Tochter Maxi einen schönen, bunten, knalligen Knopf, sodass Maxi eines Tages ein ganzes Arsenal
an knalligen oder weniger knalligen Knöp-
fen hatte, eine so genannte Knopfsammlung

Ein kleiner,

verschrumpelter

Indianer

Maxi, unsere Erste, war sozusagen, wenn man so will, ein etwas verspätetes Weihnachtsgeschenk, denn sie kam ein paar Tage nach Neujahr zu Welt. Unser zweites Kind sollte Ende März ins Licht der Welt rutschen, also zu Ostern! Nicht lange zuvor hatten wir Drei, mein Mann, meine inzwischen Fünfjährige und ich Hochschwangere, eine sehr halbherzige Tournee durch Entbindungsstationen gemacht. Von Folterstation bis hochmodernem Kreiszimmer war alles drin! Noch vom ersten Mal absolut krankenhausentbindungsstationsresistent, erwog ich todesmutig das Ganze kurzerhand, selbst ist die Frau, allein über die Bühne zu bringen. Zum Glück fand ich jedoch eine junge Hebamme, die mir zur Seite stehen wollte, allerdings nur in Assistenz mit einem Gynäkologen. Sie war halt etwas hasenherzig, bei einer Spätgebärenden, wie mir. Meine Frauenärztin allerdings machte aus Prinzip keine Hausgeburten. Also auch wieder Essig… Was nun? Derweil tröstete ich mich mit dem Herstellen und Essen von Rumkugeln mit Schlagsahne und verdrängte das Geburtsproblem. Nichts war seinerzeit so toll wie Rumkugeln! Ich musste mich allerdings leider bremsen, dem Rum und der Schlagsahne wegen. Allerdings meine Hebamme, die wöchentlich den Stand der Dinge begutachtete, durfte ja, also fütterte ich sie mit dem geliebten, rumgetränkten Gebäck.

Eines Morgens um fünf Uhr Früh wurde mir die Entscheidung abgenommen. Massive Wehen hatten eingesetzt! Um Sieben erschien die alarmierte Hebamme, um die Größe des Muttermundes zu prüfen. Um acht befand ich mich mit dem werdenden Papa in der nächstgelegenen, sich wider Erwarten als ausgezeichnet herausstellenden, Entbindungsstation. Zwei Stunden später wurde im Zimmer mit dem Namen Mandelbäumchen, Benny, unser kleiner, verschrumpelter Indianerchen geboren. Wieder ein paar Stunden später schnappten wir uns unseren Neugeborenen und verließen den Ort des

Geschehens, ganz unkompliziert als ambulante Gebärende. Ich hatte der Fortpflanzung genüge getan, zum zweiten Mal gebrütet und ein Ei gelegt, und das auch noch, Wunder über Wunder, fast genau zu Ostern!

HILFSLEHRERIN

Konnte ich nicht meinen Kindern das nötige Wissen selbst beibringen? Warum eigentlich nicht? Ich traute mir das ohne Weiteres zu! Auf dieser Welt gab es genug Beispiele, wo Eltern, speziell Mütter, ihre Kinder unterrichteten, und das mit Erfolg. Ich wusste sehr wohl aus eigener Erfahrung, dass Schule kleinen Wesen nicht immer gut tat, ganz im Gegenteil, und dass mitunter nachhaltig! Schon im Fall Kindergarten musste ich bei Maxi leider erfahren, dass die Pädagogik eigentlich gar keine war und die Kinder überwiegend sich selbst überlassen blieben. Also das, was heutige Kindergärten nicht gern aber dennoch sind, lediglich Kinder-Parkplätze für berufstätige Eltern, die nicht wissen, wohin mit ihren Kindern.

Seinen Sprösslingen etwas beizubringen, war ganz leicht, wenn man es spielerisch anfing. Da ich mit meinen Beiden von ganz klein auf bastelte und malte, ging es beinahe ganz von selbst weiter zum Schreiben und auch Rechnen.

Ich bastelte aus Resten von Lamellentüren, besser die übrig gebliebenen Lamellen, die ich in kleine Stücke zersägte und dann mit einzelnen Buchstaben bemalte, ein zusammensetzbares Alphabet. Mit diesen Buchstaben, die man zu allen möglichen Wörtern zusammensetzen konnte, lernte Maxi ihre ersten Wörter zu schreiben. Denn lesen hat etwas mit dem Wiedererkennen von Wörtern und Begriffen und Kombinieren zu tun, und das kann man üben, dachte ich. Kann man auch, wenn's an der Disziplin nicht hapern würde und an meiner Ungeduld. Denn Kinder wollen nicht immer so wie man selbst will. Sie haben, wie bei allem, ihren eigenen Kopf. Und ich musste einsehen, dass das disziplinierte Sich-jeden-Tag-zur-Schule-Bewegen und In-der-Gruppe-Lernen doch schon Vorzüge hat, trotz aller Nachteile, die, wie wir alle wissen, mit unserem Schulsystem verbunden sind. Und so wurde Maxi mit sechs Jahren schweren Herzens eingeschult. Aber das Lernen hört ja in der Schule nicht auf, denn es ist vielfältig und so war ich längst nicht so überflüssig, wie ich mich bei der Einschulung meiner Kinder fühlte und wenn ich tatsächlich geglaubt hatte, ich könne der Schule alles überlassen, so hatte ich geirrt, ob nun Grundschule oder Gymnasium, ich war und blieb unbezahlte Hilfskraft der Schulen und das bis zum Abitur und darüber hinaus. Übrigens, was wäre unser Staat ohne die unzähligen Väter und Mütter, die ihren Kindern dazu verhelfen die Schulen zu meistern?

Knallen muss es!

Es gab Zeiten, da glaubte ich ernsthaft, Mädchen und Jungen seien gleich, bis auf das entscheidende kleine Etwas natürlich. Das waren die Zeiten, bevor ich eigene Kinder hatte. Danach, vor allem als mein Sohn auf der Bildfläche erschien, wurde ich eines Besseren belehrt, aber gründlich. Weg waren die Ideen von mit Puppen spielenden Jungen. Mein Sohn war schon mit zwei Jahren mehr an Revolvern und allem, was knallt und Lärm macht, interessiert als an Puppen. Meine Tochter hingegen wollte nur und ausschließlich Kleider mit Rüschen und war durch und durch Weibchen.Die Periode, als mein Wichtel von Sohn mir prompt und ohne lange nachzudenken auf meine Frage, was er denn mal werden wolle, „Mama" antwortete, war nur von kurzer Dauer. Er ließ sich jedoch noch als Zweijähriger von seiner Schwester außerordentlich geduldig zu einem Mädchen verkleiden. Aber nebenbei klaute er im Supermarkt, noch im Buggy sitzend im Vorbeifahren einen Revolver aus dem Spielzeugregal. Ich bekam erst etwas davon mit, als ich mit Entsetzen diesen Schießprügel zu Hause herumliegen sah und von meiner siebenjährigen Tochter grinsend belehrt wurde, wie der dahin gekommen war. Toll, von mir und meinem Mann konnte er von der Existenz dergleichen nicht erfahren haben! Aber vielleicht von Nachbarskindern, denn wenn Maxi zu ihren beiden Freundinnen spielen ging, war Benny meist im Schlepptau. Aber da die beiden absoluten Barbiefans waren, kann er's von ihnen nicht erfahren haben. Er wusste es halt, woher auch immer.

Mein Dreijähriger, kaum der Sprache mächtig, führte nach Sylvester lange Diskussionen mit mir über Sinn und Unsinn und die Gefährlichkeit von Knallern. Er wollte sie selbstverständlich unbedingt haben. In den darauf folgenden Jahren machte sich mein Mann mit seinem Sohn auf, am Neujahrstag noch intakte Knaller aufzusammeln, in einem Karton zu verstauen, „zum Anschauen", aber keinesfalls, um sie zu zünden. Der kleine Knirps war so besessen von diesen explodierenden Objekten, dass, wenn er zeichnete und malte, nur die bunten Einwickelpapiere der Knallkörper nachzeichnete. Seine Affinität zu Explodierendem war so groß, dass er, etwa siebenjährig, mit seinen beiden kleinen Freunden aus Jugoslawien versuchte einen Molotowcocktail zu basteln und zu zünden. Es klappte zum Glück nicht, aber mein Sohn ist bis heute fest davon überzeugt, dass er es hinbekommen hätte, wären seine beiden Freunde nur nicht so dämlich gewesen…

KOPFÜBER ODER
DAS NEUE HOLZDREIRAD

Unsere Erstgeborene lernte der Einfachheit halber ziemlich fix ein ganz normales Dreirad fahren, übrigens auch im Haus, oder besser erst im Haus. Der Zweitgeborene bekam, der Teufel musste uns geritten haben, ein Dreirad aus Holz für's Haus, aber ohne Pedalen.

Was Maxi nie zum Ausprobieren gereizt hatte, die Treppe ins Untergeschoss zu fahren, das wollte Benny vermutlich aber ganz genau wissen. Hätte nun in die Tür zum Keller eine Kindersicherung gepasst, so wie bei der Treppe vom Ober- zum Erdgeschoß, wäre es unserem Sohn schwerer gefallen seine Experimentierlust auszuleben. Erklärt hatte ich es ihm des Öfteren, dass er es im eigenen Interesse besser bleiben lässt. Es könnte auch sein, dass er glaubte, ein Dreirad müsse so laufen können wie er selbst, vielleicht war es aber die pure Abenteuerlust.

Mich in der Küche im Untergeschoss befindend, hörte ich eines Vormittags, nichts Böses erwartend, plötzlich hinter mir ein mordsmäßiges Gerumpel. Ich lief dem Geräusch entgegen und wer lag da zusammen mit seinem Holzdreirad, am Fuß der Treppe? Unser Jüngster.

Nachdem der erste Schreck verflogen war, rappelte er sich wieder auf und sah mich etwas verwirrt an. Ganz klar war ihm wohl nicht, wie er dahin gekommen war, wo er sich jetzt befand, denn es ging wohl doch insgesamt etwas zu schnell abwärts. Mir allerdings war der Schreck ungeheuer in die Glieder gefahren. Auch wenn meinem Sohnemann im Moment nichts anzusehen und zu merken war, er konnte immerhin eine Gehirnerschütterung und Schlimmeres davongetragen haben. Aber außer ein paar Beulen am Kopf, die ziemlich schnell sichtbar waren, schien ihm nichts passiert zu sein. Ich allerdings kam längere Zeit nicht so einfach über diesen Treppensturz hinweg. Nie ließ ich Benny danach mehr allein und ohne Aufsicht, weder im Ober- noch im Erd- und auch nicht im Untergeschoß, denn man konnte nie wissen, was der kleine Bengel sich noch alles einfallen ließ.

STEFANIE

… brachte meine Erstgeborene eines Tages aus
der Schule mit. Beide waren in der ersten Klasse und Maxi meinte, Stefanie könne nicht nach
Hause, sie hätte keinen Wohnungsschlüssel
und ihre Mutter sei berufstätig. Aha, na dann
blieb sie eben den Nachmittag bei uns, was war
schon dabei? Stefanie aß mit uns zu Mittag,
spielte dann mit meinen beiden Kindern, sah
fern, machte mit Maxi Schularbeiten. Aus dem
Nachmittag wurde ein Spätnachmittag und der
Vater meiner Kinder kam heim von der Arbeit.
Er fragte, wer Stefanie sei und wann sie nach
Hause müsse. Ja, wann musste sie eigentlich
nach Hause?
Langsam kam ich doch ins Grübeln, also fragte
ich das Kind, wann seine Eltern von der Arbeit
kämen. Sie hätte nur eine Mutter und wann die
von der Arbeit käme, wisse sie nicht. Aus dem
Spätnachmittag wurde früher Abend und unser
kleiner Gast schickte sich nicht an zu gehen.

„Deine Mutti wird sich Sorgen machen!", insistierte ich. Nein, ihre Mutti mache sich keine Sorgen, mache sich nie Sorgen, kam die stoische Antwort. Ob sie ihre Adresse wüsste. Nein, die wisse sie nicht, übrigens auch nicht ihre Telefonnummer. Äußerst merkwürdig! Wir hatten anscheinend ein Findelkind an Bord, das wir nicht wieder loswurden. Maxi empfand das Ganze, wie Kinder halt sind, als grandiosen Spaß, als Abenteuer. Ich weniger und mein Mann auch nicht. Stefanie konnte doch nicht einfach bei uns übernachten, ohne, dass ihre Mutter bescheid wusste! Aber wie, wenn wir sie nicht benachrichtigen konnten?

Inzwischen war es dunkel geworden und wir konnten doch ein kleines Kind nicht einfach auf die Strasse setzen, ihm sagen, dass es gehen müsse. Nach längerem Bohren bekamen wir doch endlich die Adresse unseres kleinen Gastes heraus, sie war ihm, oh Wunder, wieder eingefallen! Also hätten wir sie dort hinbringen können, wenn Stefanie nicht steif und fest immer wieder mit Nachdruck behauptete, ihre Mutter sein nicht da und sie müsse nicht heim. Über die Adresse kamen wir dann doch mithilfe des Telefonbuches auf die Telefonnummer und riefen an. Es meldete sich eine höchst besorgte Mutter, Stefanies Mutter, die wir informierten, wo ihre Tochter sei, dass ihr nichts geschehen sei und das sie Stefanie bei uns abholen könne. Natürlich berichteten wir ihr, dass Stefanie uns ihre Adresse verweigert und auch gemeint hätte, ihre Mutter würde sich keine Sorgen um sie machen. Dies wiederum konnte die Mutter unseres Findelkindes nicht nachvollziehen und auch nicht, warum uns ihre Tochter diese Märchen erzählt hätte. Ich war heilfroh, dass diese verzwickte Geschichte noch ein gutes Ende gefunden hatte, für uns, nicht unbedingt für unseren kleinen Gast, denn irgendetwas Wahres musste an dem sein, was uns das Kind gesagt hatte.

Ausflug zur Tankstelle

Er war wie vom Erdboden verschwunden, mein kleiner Sohn! Ich hatte ihn nur eine gefühlte Minute aus den Augen gelassen, allerhöchstens aber drei. Auch unsere Nachbarn hatten keinen kleinen blassen Schimmer. Was macht ein kleiner Wurzel von zwei Jahren mit seinem neuen Dreirad aus Holz? Er nimmt es und macht einen Ausflug dorthin, wo es noch andere Autos oder Fahrzeuge gibt: An die nächstbeste, größere Strasse mit ordentlich viel Verkehr, selbstverständlich ohne es mich wissen zu lassen. Sein Abenteuer mit der Kellertreppe hatte er anscheinend längst wieder vergessen.

Der Angstschweiß brach mir aus und Panik hatte mich fest im Griff. Ich rief meinen Mann in heller Aufregung an und der ließ zum Glück sofort seine Arbeit liegen und kam zu mir nach Hause. Er machte sich sofort auf die Suche nach dem kleinen Ausreißer, im Übrigen nicht nur er, sondern mit ihm suchten auch schon einige unserer Nachbarn vergeblich die gesamte

Gegend ab. So weit, so gut, oder besser: Gar nicht gut.

Das Dreirad unseres Sohnes fanden wir endlich säuberlich geparkt neben einem Miethaus am Rande unserer Siedlung. Aber wo war der kleine Fahrer des geparkten Dreirads? Was tun? Schließlich benachrichtigten wir schweren Herzens die Polizei und gaben eine Vermisstenanzeige auf. Genau in dem Moment erschien unsere Nachbarin, eine äußerst eigenwillige, ältere Frau von gegenüber und meldete, sie hätte den kleinen Ausreißer gefunden. Denn sie sei auf die Idee gekommen zur nahegelegenen Tankstelle zu gehen und siehe da, da säße unser Benny auf dem Tresen! Auch die Polizei sei schon vor Ort! Wir könnten ihn abholen.

Als mein Mann und ich an der Tankstelle eintrafen, musste ich mir von dem Polizeibeamten erst einmal einen saftigen Anschiss wegen Verletzung der Aufsichtspflicht gefallen lassen. Er, der kleine Deliquent, die Hauptperson des Geschehens, machte überhaupt keinen traumatisierten Eindruck, er saß da, so als sei dies das Normalste auf der Welt und ließ seine kleinen Beine baumeln. Auf unsere Frage, wie er hierher gekommen sei, zuckte er mit den Schultern, weil ihm die Worte dafür fehlten. Also sind wir bis heute auf Spekulationen angewiesen, was passiert sein könnte, nachdem der kleine Abenteurer sein Fahrzeug geparkt und vor allem wie er es geschafft hatte, unfallfrei die Strasse zu überqueren. Er muss, darüber waren wir uns völlig im Klaren, einen fantastischen Schutzengel gehabt haben, vielleicht sogar mehrere!

KLEINE PISSPÖTTE

Ich gebe es zu, es ist schwer, mit kurzen Beinchen immer rechtzeitig das Klo zu erreichen, vor allem, wenn man sich im Garten oder im Untergeschoß befindet und ganz fix zwei Stockwerke erklimmen muss. Benny hatte da einen tollen Trick erfunden, der übrigens sowohl im Sommer als auch im Winter gut funktionierte: Er suchte sich ein kleines Trinkgefäß, pinkelte hinein und versteckte es irgendwo in einem Winkel unseres Hauses. Er konnte sicher sein, ich würde seine Hinterlassenschaften nicht so schnell entdecken, denn da ich kein Putzteufel war und ich mich nicht jeden Tag durchs Haus saugte oder die Ecken unseres Hauses, nach was auch immer, absuchte, konnte es schon mal passieren, dass ich seine Überraschungen mitunter erst eine Woche später durch Zufall fand!

Manch einem, wie unserem Sohn, scheint's besonders schwer zu fallen, auf die tragbare Toilette am Körper (Windel) zu verzichten, und er war deshalb nur schwer davon zu überzeugen, dass es gar nicht gut ist, wenn diese kleinen, flüssigen Überraschungen umkippen und sich sein nicht besonders wohlriechender Inhalt auf und in den Teppichboden ergießt. Genauso wenig konnte er verstehen, dass es kein besonderes Vergnügen bereitet, wie zu Ostern durch die Gegend zu kriechen und nach flüssigen Überraschungseiern zu fahnden. Ich konnte mich allerdings wirklich glücklich schätzen, dass Benny mit den festen Bestandteilen seiner Verdauung nicht auch ähnlich verfuhr.

WIE ZERLEGT MAN EINE NÄHMASCHINE?

Für meinen sechsjährigen Sohn seinerzeit anscheinend überhaupt kein Problem. Klammheimlich hatte er sich daran gemacht, in aller Unschuld eine von den Prähistorischen mit Tretpedal, und selbstverständlich genau da, wo sie sich gerade befand, nämlich an der Rückseite eines Wohnblocks stehend, sozusagen vor aller Augen, in ihre Bestandteile zu zerlegen. Daraufhin Zerlegtes in ein Versteck schleppen, um aus genau diesen Teilen eine ganz neue, fantastische Maschine zu konstruieren!

Ich bekam erst Wind von der Angelegenheit, als die angebliche Besitzerin der Nähmaschine, eine ältere, verschleierte Türkin, bei mir laut zeternd vor der Tür stand und sich über meinen Filius beschwerte. Es war übrigens genau dieselbe verschleierte Dame, die ein paar Jahre später dafür bekannst war, ihren Lebensunterhalt mit gestohlenen Fahrrädern aufzubessern. Es traf also, im Nachhinein betrachtet, nicht unbedingt die Falsche!

Ein aus dem Nest

gefallener Mauersegler

Diesen schleppten eines Tages meine beiden Sprösslinge an.

„Nein, bitte nicht auch noch das!", dachte ich nicht gerade begeistert. Denn zwei Katzen und drei Hamster reichten eigentlich, fand ich. Jetzt auch noch ein Mauersegler! Ich beäugte ihn misstrauisch. Was fehlte ihm eigentlich?

„Er kann nicht fliegen", sagten meine Beiden aufgeregt.

„Und was soll ich nun tun?", fragte ich etwas ungehalten, aber der Franz von Assisi in mir hatte schon gesiegt. Ich nahm den Mauersegler und untersuchte ihn vorsichtig. Ich konnte nichts Auffälliges entdecken, keine äußerlich erkennbare Verletzung und kein Bruch, nichts, was darauf hindeutete, dass der Vogel nicht fliegen könnte. Ich warf ihn kurz in die Luft, um seine Flugfähigkeit zu testen, aber er flatterte nur kurz, um sofort wieder zu Boden zu sacken. In Ermangelung eines Käfigs setzen wir den schwarzen Kameraden erst einmal in einen geflochtenen afrikanischen Einkaufskorb und legten, damit er sich beruhigte, ein Tuch über denselben. Es blieb uns wohl nichts weiter übrig, als mit dem Vogel zum Tierarzt zu gehen, um rauszubekommen, was ihm fehlte. Vor allem röntgen wäre nicht schlecht. Vielleicht war ja doch der Flügel, den er abspreizte angebrochen, oder er hatte eine Gehirnerschütterung.

Der Tierarzt untersuchte und röntgc, abcr er fand auch nichts, was auf eine Verletzung irgendeiner Art hätte hindeuten können.

Was jetzt? Vogel gesund, fliegt aber nicht! Also wieder nach Hause! Was fängt man mit einem Mauersegler an, der ums Verrecken nicht fliegen will? Abwarten und erst mal beim Vogelschutzbund erkundigen, was Mauersegler so futtern. Außerdem erkundigen, wie man einen Mauersegler zum fliegen bringt. Angeblich fressen diese Vögel gerne Mehlwürmer. Wieso eigentlich? Kriegen sie doch normalerweise wohl auch keine. Egal…

Wie man den Vogel dazu bringt seine Flügel zu benutzen, wussten sie auch nicht. Also erst einmal eine Tüte voll Würmer im Tierfachgeschäft kaufen und dem Piepmatz davon anbieten. Der aber wollte weder fliegen noch fressen. Die Schwierigkeiten mit dem Vieh wollten kein Ende nehmen. Wir entschlossen uns ihn gegen seinen Willen zu ernähren, ihm die Mehlwürmer mit Gewalt in den Schnabel zu stopfen. Das war übrigens Aufgabe meiner beiden Sprösslinge. Er ließ es geschehen, schluckte aber nur sehr widerwillig. Einmal am Tag warfen wir ihn in die Luft, um ihn zum Flattern zu animieren. Vielleicht, vermutete ich, ist sein Schock, warum auch immer, dermaßen groß, dass er ihn von alleine nicht überwinden kann. Also behandelte ich ihn kurzfristig homöopathisch gegen Denselben, was allerdings auch keinen Erfolg brachte. Der Vogel wollte eigentlich nicht fressen und auch nicht fliegen. Es war nichts zu machen, gar nichts… Und eines schönen Morgens war er dann in den Vogelhimmel abgedampft oder wie die Indianer sagen, in die ewigen Jagdgründe, dort wo immer schönes Wetter ist, wo er nichts fressen muss und fliegen kann er dort auch, ohne seine Flügel benutzen zu müssen.

EIN PACKUNG ZIGARILLOS

… irgendwo im Gebüsch zu finden, ist eine Sache. „Aber was damit tun?" fragte sich vermutlich mein Sechsjähriger. Er war so offen, mir seinen Fund zu zeigen. Von uns, seinen Eltern, den notorischen und überzeugten Nichtrauchern, außer einer dreiwöchigen Phase mit 22 Jahren, hatte ich Zigaretten nie wieder angerührt, konnte mein kleiner Bursche nicht erfahren haben, was man damit anstellen konnte. Er ahnte zweifelsohne, dass es etwas Ähnliches wie eine Zigarette sein musste, denn Zigarren kannte er schon mal überhaupt nicht, vermutete ich jedenfalls.

„Was ist das?", fragte mich mein Sohn und ich antwortete wahrheitsgemäß:

„Zigarillos." Und im Nachtrag: „Etwas Ähnliches wie Zigaretten und Zigarren."

"Und was tust du jetzt damit?", fragte ich gespannt.

„Probieren", war die prompte Antwort.
Da ich genau wusste, dass Verbote nur das Ge-

genteil bewirken, entgegnete ich:

„Mach das, aber bitte nicht hier im Haus."

„Du weißt, wie du's anstellen musst?"

Ich zeige ihm, dass er den Zigarillo vorn am abgeflachten Ende anzuzünden hatte und das andere Ende, wenn angezündet, in den Mund nehmen musste und…

„Weiß ich doch längst!", meinte der kleine Hosenscheißer voller Würde.

„Streichhölzer hast Du?"

„Klar!", kam es wie aus der Pistole geschossen aus ihm heraus.

"Na, dann gut qualm!", dachte ich.

Die verstohlenen Blicke meines Sprösslings sagten mir, dass er mir überhaupt nicht über den Weg traute, ob meiner merkwürdigen, unverhofften Toleranz. Ich hingegen wusste, dass er nach den ersten Zügen, die ihm nicht besonders schmecken würden, keine große Lust empfinden würde weiter zu rauchen, überhaupt jemals wieder zu rauchen.

Ein paar Tage später erkundigte ich mich, so ganz nebenbei, wie ihm denn der Zigarillo geschmeckt hätte:

"Nicht so doll", war die lapidare Antwort.

„Und was machste mit den restlichen Zigarillos?", wollte ich hinterlistig wissen.

„Nichts, sind schon im Müll", meinte er.

Zwei Grusinier müssen her!

Alles wiederholt sich im Leben, wenn man Kinder hat. Hätte ich nicht gedacht, ist aber leider so. Eben auch im Fall Hamster! Natürlich mussten meine beiden Sprösslinge auch Hamster haben. Ein Kater reichte ihnen ja nicht. Selbstverständlich hatte ja nur *ich* als Kind zwei Hamster gehabt, das vergaß ich völlig. Und nur *ich* hatte ziemlich zwiespältige Erfahrungen mit den beiden Pelztierchen gemacht, nicht meine Kinder. Also alles noch mal von vorn. Ich hätte das gerne verhindert, aber wie? Etwa meinen Kindern sagen:

„Nicht ihr habt die Mistviecher an den Hacken, sondern ich! Ich muss den Käfig säubern, nicht ihr!“?

Zwecklos! Hat schon bei meiner Mutter seinerzeit nicht geklappt. Die hat gar nicht erst versucht dies einzuwenden.

Sollte ich etwa sagen: „Die nagen alles an!“?

Oder: „Die Lebenszeit der Winzlinge ist nur

sehr kurz!"? Oder noch besser: „Unser Kater wird sie über kurz oder lang verspeisen!"? Das ist zu grausam, geht also auch nicht. Also Hamster kaufen gehen… Toll!

Normale Goldhamster sollten es nicht sein. Warum denn auch, wenn's noch kleinere grusinische Graue gibt? Natürlich mussten es zwei sein, weil einer allein sich einsam fühlt! Aber nicht Männchen und Weibchen, denn dann haben wir bald einen ganzen Hamsterstaat… Zwei Männchen also, nein auch nicht so gut. Da gibt es Rivalitäten. Dann zwei Weibchen, genau dasselbe in grün. Ja, was denn nun? Also doch zwei Männchen, Rivalität hin oder her. Und dann noch ein schöner großer Käfig, denn die beiden Grusinier dürfen sich ja nicht eingeengt fühlen! Mein Vater hat seinerzeit aus Maschendraht und einer Apfelsinenkiste selber eine Hamstervilla gebastelt, aus der die beiden Nager dann auch prompt sofort ausgebrochen sind. Weil dies jedenfalls nicht auch noch mal passieren sollte, eben einen normalen, schönen, großen Hamsterkäfig. Hamsterfutter muss auch sein und nicht zu vergessen: Kleintierspreu. Aber auf gar keinen Fall ein Hamsterrad! Und ab nach Hause.

Wie konnte es anders sein? Der Hamsterkäfig wurde im Wohnzimmer vor der Heizung installiert, damit man sie immer schön beobachten kann. Lieber hätte ich sie in die Küche im Souterrain verfrachtet, aber dort war es halt zu dunkel für die Viecher und angeblich zu kalt auf den Fliesen. Der Einwand, dass Nager einen Eigengeruch haben, der vor allem von ungesäuberten Käfigen ausgeht, wurde nicht gelten gelassen und mit der Entgegnung:

„Wir machen den Käfig schon regelmäßig sauber!", weggefegt.

Das wäre wirklich das erste Mal, von dem ich gehört hätte, dass Kinder selbst Katzentoiletten oder Hamsterkäfige säubern. Ist dann auch tatsächlich nur ein- oder zweimal, wenn es hoch kommt, passiert. Übrigens auch der Einwand, Hamster seien keine Puppen, sondern kleine, empfindsame Lebewesen, wurde grinsend abgetan und die beiden Winzlinge als Passagiere der Playmobileisenbahn missbraucht, wie Kinder halt so sind.

MIT DEM SCHLITTEN AUF DIE RUTSCHE

Mütter denken immer, ihre Söhne seien die reinsten Engel, könnten kein Wässerchen trüben und zu denen gehörte ich selbstverständlich auch. Bis ich Conny kennen lernte…

Conny war die Mutter von Björn und Björn ging mit meinem Benny zusammen in die Vorklasse. Wir, Conny und ich beschlossen unsere beiden Burschen immer abwechselnd zur Schule zu bringen, einen Tag sie, den anderen ich. Von Conny hörte ich zu meinem maßlosen Erstaunen, dass sie meinen kleinen, harmlosen, schüchternen Sohn schon geraume Zeit kannte und über seine Umtriebigkeiten und Streiche sehr wohl Bescheid wusste. Sie lebte mit ihrem Sohn in dem Wohnblock, der unsere Siedlung begrenzte, sozusagen auf Sichtweite.

Björn und Benny wurden Freunde und heckten nun gemeinsam aus, was sie davor einzeln getan hatten. Irgendwann waren sie es auch leid von ihren Müttern in die nahe Schule gebracht zu werden, sie meinten einstimmig, sie könnten es auch von jetzt an alleine. Natürlich war ich voller Vertrauen in die beiden Stöpsel! Bis ich von Conny erfuhr, dass sie des Öfteren nicht den Weg zur Schule eingeschlagen, sondern sich Gott weiß wo bis Schulende herumgetrieben hatten und dann pünktlich zu Hause erschienen waren. Wie die beiden dies hinbekommen hatten, ohne eine Uhr zu besitzen und zu kennen, wird immer ein Geheimnis bleiben.

Dies blieben nicht die einzigen Streiche der beiden. Eines Tages klingelte ein älterer Mann bei mir und verlangte von meinem Sohn, er solle die Glasscherben gefälligst von der Strasse fegen.

„Welche Glasscherben?", fragte ich mich und dann Benny entsetzt. Da bekam ich zu hören, dass die beiden Freunde Flaschendreschen gespielt hatten, mitten auf einem Wendekreis unserer Siedlung. Nicht unter meinen Augen, sondern unter den Augen irgendwelcher Nachbarn, die ich nicht kannte, die aber meinen Sohn gut zu kennen schienen. Mein Sohn schien einen Bekanntheitsgrad erreicht zu haben, der mich in Erstaunen versetzte und der mir, angesichts der Dinge, die ich über ihn zu hören bekam, überhaupt nicht recht war. Ich vermutete nicht zu Unrecht, dass mein sechsjähriger Sohn ein Doppelleben führte, zuhause das des lieben, verschmusten Schüchternen und draußen das eines bekannten Lümmels, der unter anderem mit Flaschen um sich schmiss.

Das Ding mit der Rutsche war der nächste Klops, den ich zu verdauen hatte. Auch diesmal kam Conny zu mir und fragte mich, ob ich wüsste, dass unsere beiden Racker, es war inzwischen Winter und es lag Schnee, mit dem Schlitten die Rutsche hinunter gerutscht seien. Nein, das wusste ich selbstverständlich nicht, wollte irgendwie auch gar nicht genau wissen und auch nicht, wie sie's hinbekommen hatten! Ganz nebenbei brachten unsere beiden Söhne es auch fertig, in Björns Kinderzimmer die Einrichtung zu demontieren, besser: einen Schrank zum Einsturz zu bringen, indem sie ihn als Klettergerüst missbraucht hatten.

Ein Loch im Kopf

wird gestopft

Mit einem Dreirad rückwärts zu einzuparken, muss gelernt sein, vor allem in der Nähe von Treppen. In erster Linie, weil man ja hinten am Kopf keine Augen hat. Das bemerkte mein vierjähriger Sohnemann etwas zu spät und landete mit besagtem Dreirad nicht nur zwei Stufen tiefer, in unserem Garten, nein, sondern auch noch mit einem Loch im Hinterkopf, weil er mit demselben auf einen Stein getroffen war. Das Loch blutete nicht nur ziemlich stark, das Loch, aus dem es blutete, schien auch ziemlich tief zu sein. Mir wurde übel, als ich den Schaden betrachtete. Natürlich vermutete ich sofort, dass die gesamte Schädeldecke bis auf das sehr empfindliche Denkorgan perforiert sei. In panischer Angst rief ich unsere homöopathische Ärztin an und fragte, was ich tun solle. Sofort zu ihr kommen, ihr Mann ein Chirurg und würde sich das anschauen! Die Beiden waren im Übrigen ebenfalls Eltern und hatten Sprösslinge im Alter unserer eigenen. Aber zunächst solle ich Benny Arnika und mir Aconitum für den Schock verpassen. Der direkt Betroffene schien nicht im Mindesten so beeindruckt wie ich. Ihn plagten nur ein wenig Schmerzen im Hinterkopf und er fragte sich wohl, warum ich mal wieder so ein verdammtes Theater um ihn veranstaltete. Auch Aconitum, obwohl sonst ein fantastisches Mittel gegen Schock, half mir nicht die Bohne, ich flatterte geradezu und hätte ich Flügel gehabt, wäre ich nach oben abgehoben. Ich malte mir Schreckliches aus, Katastrophenszenario pur, mit Schädelbruch, Gehirnerschütterung und was weiß ich noch alles.

Mein Mann, fast so beeindruckt wie ich selbst, jedoch entschieden ruhiger, packte unseren Sohn und mich in unseren roten Granada und fuhr uns so schnell es ging zur Praxis, die wie gesagt keine chirurgische, sondern eine für Homöopathie war. Benny konnte gar nicht so schnell denken, wie er mit der Nase nach unten auf einer Liege lag und der Mann unserer Hausärztin den Schaden begutachtete. Ich war so panisch, dass ich alles nicht so wirklich mit bekam. Das

Loch sei nicht so tief, wie ich vermutet hatte, meinte er, er würde es nähen und dann sei alles wieder o.k., röntgen müssten wir auch nicht. Dann machte er sich an die Arbeit. Die ganze Prozedur dauerte alles in allem, wenn's hoch kam, zwanzig Minuten, dann war das Loch im Kopf gestopft und auf ihm klebte ein Pflaster über einer großzügig ausrasierten Stelle.

MOLOTOW COCKTAIL

In den Neunzigern wechselten die Bewohner in unseren Nachbarhäusern ständig. Unter anderem gab es eine jugoslawische Familie, eine aus dem Irak und eine aus Bulgarien. Alle hatten selbstverständlich Kinder und diese spielten auch selbstverständlich mit unseren beiden Sprösslingen, gingen in unserem Haus und Garten ein und aus. Da waren beispielsweise Araman und Caraman, ein Geschwisterpaar, die mit ihrer, aus dem Irak geflohenen, Mutter zwei Häuser neben uns wohnten. Der Junge war ruhig und unauffällig, nicht so seine jüngere, fünfjährige Schwester, ein temperamentvolles und auch rachsüchtiges kleines Persönchen, die ich immer nur in Flipflops herumlaufen sah. Aus irgendeinem Grund war diese auf meine Älteste wütend. Sie schnappte sich aus der Küche ihrer Mutter kurzerhand ein Obstmesser und rannte wutentbrand hinter Maxi her, mit den Worten:

„Ich stech' Dich ab!".

Caraman traf nicht auf Maxi, die war längst an mir vorbeigeflitzt und im Haus verschwunden war, sondern auf mich, die ich im Garten saß.

„Wen suchst du und was willst du mit dem Messer?", fragte ich.

„Sie abstechen!", kam die prompte Antwort.

„Das wirst du schön bleiben lassen, Caraman!", sagte ich so ruhig wie möglich. „Nimm das Messer und bring es sofort deiner Mutter zurück!"

Sie sah mich störrisch und verbiestert mit ihren tiefbraunen Augen an, drehte dann aber ab und verschwand zum Glück unverrichteter Dinge aus unserem Garten.

Semra, ein Mädchen in Maxis Alter, deren Eltern aus Bulgarien stammten, war zum Glück wesentlich verträglicher. Die beiden Brüder jugoslawischer Eltern, geflohen vor den kriegerischen Auseinandersetzungen Serbiens, waren hingegen so recht nach Bennys Geschmack. Alle drei hatten anscheinend ein Faible für Sprengstoffe.

Eines schönen Tages versuchten sich die drei kleinen Pökse darin, unter Anleitung meines Herrn Sohns, einen Molotow Cocktail zu basteln. Ich sah gerade noch rechtzeitig, wie sie genau vor unserem Haus dabei waren, den Lappen anzuzünden, der aus dem Flaschenhals hing. Natürlich verwandelte Benny sich augenblicklich in den harmlosesten, kleinen Jungen der Welt, der auch nicht das geringste Wässerchen trüben könnte. Die beiden Brüder waren derweil längst in Richtung zuhause verduftet, als ich entsetzt meinen Sohn fragte, was er denn mit dieser merkwürdigen Flasche vorhätte. Bis heute ist mir nicht klar, woher ein Junge von sechs Jahren wusste, dass es dergleichen überhaupt gab und wie man es herstellte. Natürlich war kein Benzin in der Flasche gewesen, sondern zum Glück nur Haushaltsalkohol. Trotzdem hatte ich vermutlich Schlimmstes verhindert, indem ich rechtzeitig aus dem Fenster sah. Fazit: Eine Mutter muss leider ihre Augen immer und überall haben.

Er furzt

Wir waren gerade in unserem gemieteten, dänischen Ferienhaus eingetroffen, hatten unseren Anhänger und das Auto störungsfrei geparkt und uns völlig erschöpft von der langen Autofahrt zur Jammerbucht aufs Sofa fallen lassen, als wir vor der Terrassentür eine kleine grau getigerte Katze sitzen sahen, die augenscheinlich eingelassen werden wollte. Ich öffnete ihr die Tür und sie marschierte ganz zutraulich und ohne Scheu ins Haus. Sie wollte nicht nur ins Haus, sie wollte auch augenscheinlich etwas zu futtern haben, denn sie miaute anhaltend. In Ermangelung von Katzennahrung goss ich ihr ein wenig mitgebrachte Milch in eine Untertasse, die sie gierig ausschleckte. Maxi und Benny waren begeistert. Eine Ferienkatze, was konnte es Tolleres geben? Woher kam nun die kleine, gierige Katze? Etwa von einem Nachbarn? In einer Umgebung von hauptsächlich Ferienhäusern, konnte das sein? Eigentlich nicht. Wir hatten schon ein paar Mal zuvor dieses Haus hinter den Dünen gemietet, aber Katzen in der Nachbarschaft waren uns bisher nicht aufgefallen. Als sie satt war, trollte sie sich wieder, um sich am nächsten Morgen durch lautes Gemaunze vor unserem Schlafzimmerfenster erneut bemerkbar zu machen. Sie wollte anscheinend zu uns, um sich ihre Streicheleinheiten abzuholen, und dies von da an jeden Morgen um die gleiche Zeit. Es stellte sich übrigens bei näherer Betrachtung heraus, dass unsere Urlaubskatze ein Katerchen war. Und ein recht junges noch dazu, er konnte nicht älter als ein halbes Jahr sein. Er blieb jeden Tag länger bei uns. Inzwischen hatten wir uns mit Katzennahrung in Trockenform eingedeckt und fütterten das Katerchen so oft es bei uns auftauchte und das war oft, denn er hatte einen gewaltigen Appetit. Es hatte den Anschein, als wenn das Tier recht kurz gehalten wurde, es nicht genügend Futter bekam. Immer allerdings, wenn er gefressen hatte, verbreitete sich um ihn ein merkwürdig penetranter, etwas fauliger Geruch im Raum. Meine zwölfjährige Tochter Maxi brachte es auf den Punkt:

„Er furzt!", sagte sie empört und hielt sich angewidert die Nase zu. Den Rest der Familie störte dies weniger und ihr siebenjähriger Bruder ließ sich von der Pupserei des kleinen Tieres nicht davon abhalten, es zu streicheln oder mit ihm zu spielen. Maxi hingegen hatte von Stunde an eine Aversion gegen das arme Katerchen und immer wenn er ihr zu nahe kam, packte sie ihn im Nacken und setzte ihn vor die Tür. Da an der Verdauungsstörung augenscheinlich das Katzenfutter in Trockenform Schuld war, hätten wir nun eigentlich die Art der Nahrung ändern müssen und Dosenfutter kaufen, aber da uns dies auf die Dauer doch zu kostspielig war, ließen wir die Fütterei den Rest unseres Urlaubs ganz sein. Unser Besuchskaterchen schien die abrupte Abwesenheit von zusätzlicher Nahrung jedoch nicht krumm zu nehmen und erschien nach wie vor eisern jeden Tag, um sich seine Streicheleinheiten abzuholen.

GEFÄHRLICHE STREUNEREI

Gelegentlich erkundeten meine Beiden die Gegend und, solange sie es gemeinsam taten, hatte ich auch nichts dagegen. Dabei drangen sie, neugierig wie Kinder nun mal sind, in so manchen Garten und entwendeten auch so Manches. Unter anderem stand plötzlich ein ziemlich großes Vögelhäuschen bei uns herum und als ich fragte, woher es käme, wollte keines meiner Kinder raus mit der Sprache. Durch längeres Bohren bekam ich endlich raus, dass es aus des Pfarrers Garten kam, der samt Pfarrershaus und alter, kleiner Kirche am Rande unserer Siedlung wohnt. Wie sie dort hineingekommen waren, war mir schleierhaft. Es war mir auch im Grunde schnuppe, wenn nur dieses blöde, viel zu große Ungetüm von Vogelhäuschen wieder verschwand! Also ab mit dem Ding! Wieder dahin, wo es hergekommen war! Also bekamen Maxi und Benny den Auftrag, es gefälligst so unauffällig wie möglich dorthin zurück zu bringen, wo sie es hergeholt hatten, was sie auch erstaunlicherweise taten. Vielleicht allerdings war es auch irgendwo anders gelandet. Vom Pfarrer bekam ich zum Glück nie eine Rückmeldung.

Des Öfteren kamen allerdings irgendwelche andere Nachbarn, meist ältere Herrschaften, die ich noch nie gesehen hatte, von irgendwo her und beschwerten sich bei mir über das Tun meiner Sprösslinge. Ich tat dann meist harmlos und völlig erstaunt und fragte, woher sie denn wüssten, dass es gerade meine waren, denn der Kinder gab es so einige in unserer Gegend!

Einmal erzählte mir mein kleiner, sechsjähriger Sohn, auf Nachfragen, wo er sich denn so lange herumgetrieben hatte. Er war nach der Schule in der Kirche gewesen und das ganz alleine. Was er in der Kirche gewollt hätte, fragte ich ihn verblüfft. „Ansehen!", war die prompte Antwort. Unsere beiden Kinder hatten bis dato keinen Kontakt mit Kirche & Co. gehabt, waren weder getauft, geschweige denn gehörten wir zur Gemeinde der Kirchgänger. Sie sollten nicht wie ihre Eltern unter dem Zwang aufwachsen, etwas tun zu müssen, was sie nicht selbst entschieden und gewollt hatten. Bei dem einen Kirchenbesuch blieb es dann auch.

Benny hatte allerdings die Angewohnheit, öfter mal ganz alleine die Gegend zu erkunden und dabei machte er die Bekanntschaft eines Mannes, der mit ihm vor einem Haufen Sperrmüll stand und über das sinnierte, was sie da sahen. Schnell kamen sie auf das Thema Feuerwerkskörper, für das sich mein Kleiner jederzeit begeistern konnte. Der Mann wollte ihm welche schenken, er müsse nur mit ihm in seine Wohnung kommen, was mein schüchterner Sohn aber zum Glück ausschlug. Dieser etwas dickliche Mittdreißiger sprach Benny in der Folgezeit öfter an, was mir mein Sohn irgendwann auch so ganz nebenbei berichtete. Ob er irgendwann mit ihm mitgegangen sei, wollte ich ziemlich entsetzt von ihm wissen.

„Nein, selbstverständlich nicht!", antwortete er empört und entrüstete sich darüber, wie ich denn so etwas überhaupt vermuten könne. Das dürfe er auch keinesfalls tun, denn es gäbe Männer, die kleinen Jungen zu nah auf den Pelz rücken und ihnen wehtun, insistierte ich. Wie sollte ich einem kleinen Jungen pädophile Neigungen gewisser Männer erklären?
Eines Nachmittags nun war mein kleiner Herr Sohn wieder über mehrere Stunden verschwun-

den, ohne Rückmeldung. In heller Aufregung schickte ich Maxi los, ihren Bruder zu suchen. Ohne ihn gefunden zu haben, kehrte sie nach Hause zurück. Meine Aufregung steigerte sich zur Panik! Konnte es sein, dass Benny sich doch hatte breitschlagen lassen mit dem Burschen mitzugehen? Als mein Mann von der Arbeit kam, gingen Vater und Tochter zur Arbeitsstelle des Mannes, der so interessiert an unserem Sohn zu sein schien. Er jobbte als gelernter Fleischer in einer Dönerbude in der Nähe, irgendwie hatten wir dies inzwischen rausbekommen. Der Typ war zum Glück anwesend, wenigstens das. Mein Mann fragte ihn eindringlich, ob er wisse, wo unser Sohn sei. Nein, wisse er nicht, antwortete dieser verlegen, denn ganz wohl war ihm anscheinend nicht in seiner Haut. Wir wüssten, dass er des öfteren Kontakt zu Benny gesucht habe, was er in Zukunft besser bleiben lassen solle, wenn er nicht Ärger bekommen wolle.

In der Zwischenzeit hatte sich Benny plötzlich wieder eingefunden. Er wirkte etwas aufgelöst und geschockt. Wo er denn gesteckt habe, fragte ich ihn zwischen Wut und Erleichterung. Er sei bci cinem Schulfreund gewesen, plötzlich wäre dieser aus dem Zimmer gegangen, hätte den Schlüssel im Schloss umgedreht, sei abgehauen und hätte ihn eingesperrt. So hätte er Stunde um Stund in dem fremden Kinderzimmer verbringen müssen, bis der Junge zurückgekommen sei und ihn raus gelassen habe. Die Eltern seien nicht zu Hause gewesen, um Hilfe zu rufen, wäre also sinnlos gewesen. Er, Benny hätte die Schnauze gestrichen voll von seinem Freund, wolle nichts mehr von ihm wissen. Na so was! Ich erzählte meinem Jüngsten, dass wir Himmel und Hölle in Bewegung gesetzt hätten, um ihn zu finden. Inzwischen waren Mann und Tochter wieder aufgetaucht und Benny zeigte sich mehr als baff, als er erfuhr, wo die beiden waren und warum. Noch einmal schärften wir ihm ein, mir das nächste Mal zu sagen, wohin er ginge und sich in Zukunft von Männern fernzuhalten, die ihm unkeusche Angebote machen wollten.

Die Barbieschwestern

An Spielkameraden für unsere beiden Sprösslinge gab es wahrhaftig keinen Mangel, unter anderem der vierjährige Adrian, ein kleines
Original, der sommers wie winters nur mit ge-
ringelter Mütze umher lief. Diese saß ihm stets
schief auf dem Kopf, vermutlich aus Ermangelung eines dichten Haarschopfes.
Seine Eltern hatten ihrem Sohnemann, da sie
eine Abneigung vor normalen Schimpfwörtern
hatten, beigebracht, wenn er denn in Rage ge-
riet, seine Umgebung mit Insektennamen zu
beschimpfen. So konnte es vorkommen, dass er
Benny nachrannte und wutentbrannt schrie:
    „Du verdammte Honigbiene!"
Ich empfand den friedlichen, kleinen Burschen
eher skurril als nervig, ganz im Gegenteil zu
meinem Sohn. Mitunter schenkte Adrian ihm
Bonbons und wenn er denn seinen eigenen An-
teil aufgefuttert hatte, forderte er jenen, den er
Benny geschenkt hatte, wieder zurück.
Melanie und Natalie, Geschwister und etwa im

Alter Maxis, nannte ich der Einfachheit halber „Barbieschwestern", da sie im Gegensatz zu anderen Kindern, ein ganzes Arsenal an Barbiepuppen samt Zubehör, Kleidung und riesengroßer Puppenstube ihr Eigen nannten. Die Mutter der Beiden, alleinerziehend, lebte von sozialer Unterstützung und Heimarbeit, so dass mir bis heute nicht klar ist, wie sie diese Menge an Spielzeug finanzieren konnte. Doch genau diese Fülle an Barbies oder besser überhaupt die Existenz derselben, weckten die Begehrlichkeiten meiner Tochter. Bis zur Einschulung kannte sie nur Waldorfpuppen, von mir genäht und naiv, wie ich war, glaubte ich, diese Art von Puppen wären nicht nur mein Ideal, sondern auch das von Maxi. Als sie allerdings Melanie und Natalie samt ihren Barbies kennengelernt hatte, war's damit schlagartig vorbei. Von Stunde an redete sie nur noch von den harten Überschlanken statt den moppeligen, weichen Schmusepuppen... Maxi wollte plötzlich die von mir so verachteten Anziehpuppen haben, am besten so viele wie ihre beiden Freundinnen. Ich sträubte mich vergebens, versuchte zu überzeugen, zu diffamieren und die unsrigen schön zu reden. Zwecklos, Maxi wollte nur noch Barbies. Und was nun? Neue kaufen? Niemals, viel zu teuer! Also mussten Gebrauchte her. Erstmal eine beim Trödler erstehen, samt ein paar Kleidern, und dann abwarten…

Die Barbieschwestern hatten aber nicht nur zu viele Puppen, nein, sie durften auch RTL, einen neuen Fernsehsender gucken. Ich hatte zwar nichts gegen die öffentlich Rechtlichen, gegen die Sendung mir der Maus, Löwenzahn & Co., aber ich hatte schon etwas gegen billig hergestellte Zeichentrickserien ohne jeglichen Erziehungs- und Bildungshintergrund. Bei uns gab es zum Glück nur ARD und ZDF! Bis Maxi so lange quengelte und es auch bei uns RTL gab, das Programm aus Luxemburg. Machten mein Mann und ich am Samstagvormittag unsere Wocheneinkäufe, ahnte ich zu Recht, dass sich unsere beiden Sprösslinge die ganze Zeit über billig hergestellte Zeichentrickfilme reinziehen würden…

STRICKTIER

… hieß eigentlich Conny und wurde von meinem Mann umgetauft, weil ihr Nachnahme ähnlich klang, hatte also rein gar nichts mit Wolle und Handarbeiten zu tun. Zum Glück kam ihr der Spitzname nie zu Ohren!

Stricktier also, Klassenkameradin und Freundin Maxis, war eine äußerst dominante kleine Person. Mit anderen Worten: Sie tyrannisierte gerne ihre Umgebung, wenn diese dies zuließ und Maxi ließ es leider zu. Stricktier war nicht nur Tyrann, sondern war auch nicht ungefährlich für ihre Mitmenschen, hatte in ihrem zarten Alter mörderische Neigungen.

Connys Mutter, verdiente ihr Auskommen als Tagesmutter und beherbergte tagsüber mehrere Kinder. Conny musste sich also ihre Mutter nicht nur mit ihrer fünf Jahre älteren Schwester teilen, sondern auch mit diesen Tageskindern, was ihr augenscheinlich so stank, dass sie des Öfteren versuchte, sich dieser Kinder zu entledigen, indem sie diese der Einfachheit halber auf die Straße schubste. Just in dem Moment, als gerade ein Auto vorbei fuhr… Zum Glück gelang es ihr nie jemandem wirklich zu schaden!

Stricktier war sportlich und bekam mehrmals in der Woche Reitunterricht, doch dehnte sie diesen auch auf den Schulhof aus und trieb ihre Klassenkameraden mit imaginärer Peitsche über den Schulhof. Natürlich war sie als Pferdedompteuse nicht sonderlich beliebt und so blieb nur Maxi übrig, für Conny über Stock und Stein zu hüpften.

Weinend und völlig aufgelöst kam meine Tochter eines Tages nach Hause gerannt und berichtete völlig aufgelöst, sie habe nicht atmen dürfen, Conny hätte es verboten.

„Wie denn das?", wollte ich ungläubig wissen.

Doch, doch ihre Freundin hätte ihr zwar erlaubt einzuatmen aber nicht auszuatmen.

„Und warum tust du das, um alles in der Welt!?", wollte ich wissen.

„Sonst ist Conny doch böse!"

"Na, soll dieses verdammte Gör doch böse sein!", entfuhr es mir. Das ging nun wirklich zu weit! Also instruierte ich meine Tochter, wenn sie nicht das nächste Mal bewusstlos umkippen wolle, solche Scherze zu unterlassen. Niemand könne jemandem verbieten zu atmen, auch ihre Freundin nicht!

Weitaus harmloser war nun Stricktiers ungezügelte Fantasie, als sie Maxi von einer Menagerie von Wildtieren berichtete, die sie zu Hause beherbergte. Darunter befanden sich Elefanten, Bären, Giraffen ect. Maxi glaubte ihr jedes Wort und hing an ihren Lippen, wollte es wohl glauben. Bei nächster Gelegenheit, als beide in Connys Zimmer spielten, wünschte nun meine Tochter diese Tiere unbedingt zu besichtigen. Die Enttäuschung war riesengroß, als sie sich als kleine Stofftiere entpuppten. Die einzigen, lebenden Exemplare waren Kaninchen, die im elterlichen Garten lebten. Meine Tochter lernte nur sehr mühsam nicht alles zu glauben, was ihr erzählt wurde…

BUNKER ODER HÖHLE

Meine Kinder konnten, wenn sie wollten, über Dächer klettern und darauf Eis oder anderes futtern, das sie sich kurz zuvor an der gegenüber liegenden Tanke gekauft hatten! Denn sie lebten in einem Dorf mitten in der Stadt. Ein kleines Paradies also! Sie konnten mit anderen Blagen unsere Siedlung aus allen möglichen Perspektiven erobern, dazu gehörten auch zwei alte Bunker, Relikte aus dem zweiten Weltkrieg. Ich hätte nicht gewusst, wie ich hineinkommen sollte, hätte vermutlich auch nicht den Mut dazu gehabt, meine beiden Kinder aber schon und um Blödsinn zu machen findet sich immer jemand Gleichgesinntes.

Mein kleiner Sohn allerdings war kurz davor sich in die Hosen zu machen und meldete dies auch lautstark, wie er nun mal ist an: „Ich muss ganz dringend scheißen!".

Darauf ein älterer Junge:

„Setz dich dort in die Ecke und drück ab!", war die lapidare Antwort und Benny tat es, um danach mit den anderen den kleinen Bunker zu inspizieren.

Mein Mann und ich ahnten von alledem nichts und erfuhren es erst viel später. Hätten wir es gewusst, gestört hätten uns die Umtriebigkeiten unserer Sprösslinge so lange nicht, wie sie gemeinsam unternommen wurden und nicht irgendein Erwachsener mal wieder unerwartet vor unserer Haustür stand, um das Tun unserer, so unartigen Kinder zu beklagen. Meine stereotype Antwort darauf:

„Woher wissen Sie so genau, dass es gerade meine waren? Es gibt doch auch noch genügend andere Kinder in unserer Gegend!"
Zu den Möglichkeiten zu spielen und zu toben gehörte auch die so genannte Hundewiese, auf der die Hundebesitzer unserer Siedlung ihre bellenden Vierbeiner Gassi führten. Eine Wiese mit Sträuchern und Bäumen rundherum, die etwas vernachlässigt schien, was gerade Kinder magisch anzieht, um beispielsweise Höhlen zu bauen. Solche Höhle braucht auch eine Einrichtung, was Bequemes zum Sitzen. Also zum nahegelegenen Spielplatz gegangen und gemeinsam eine Parkbank angeschleppt. Womit meine Kinder allerdings nicht gerechnet hatten war,

dass sie bei ihrem Tun von einigen Halbwüchsigen beobachtet wurden. Die standen, wie aus dem Boden gewachsen, plötzlich neben ihrer Höhle und forderten „ihre" Bank zurück! Also was blieb ihnen übrig, als die Bank wieder an Ort und Stelle zu schleppen? Einige der Höhlenbauer hatten allerdings schon längst, angesichts der großen, angsteinflößenden Burschen, das Weite gesucht und sich verpisst. Übrig blieben unsere Beiden, die ganz alleine die Bank zurück schleppten. Unsere Tochter war gerade mal neun und ihr Bruder vier Jahre alt. Empört kamen sie zu mir gerannt, um die Ungeheuerlichkeit zu berichten.

„Warum um alles in der Welt habt ihr die Bank nicht einfach in der Höhle stehen lassen, seid gleich nach Hause gekommen und habt die schwere Arbeit den Halbstarken überlassen?", fragte ich entsetzt.

Schmutziges Schweinchen,

lass es dir schmecken!

„Kannst Du wie ein Storch auf einem Bein stehen?", fragte die Beamtin meinen Sohn Benny bei der Schulreifeuntersuchung. Total eingeschüchtert versuchte er es und es misslang ihm prompt. Das, was er zu Hause noch problemlos hinbekommen hätte, konnte er mit einmal nicht mehr.

„Wozu auch?", fragte er sich im Stillen. „Ich bin doch kein Storch!"
Meine Schulreifeuntersuchung Mitte der Fünfziger ging völlig problemlos vonstatten, denn ich musste nur versuchen mit der rechten Hand über den Kopf zum linken Ohr zu kommen. Konnte ich selbstverständlich, also war ich schulreif. Das nächste Kind, bitte!
Das hätte mein kleiner Herr Sohn auch noch hinbekommen, stattdessen musste er den Storch machen, ein Bild seiner Familie malen, mithilfe von Kopfhörern sein Gehör über-

prüfen lassen und seine Augen auf Scharfsichtigkeit. Zwei Dinge stellten sich heraus: Benny war nur knapp durchgekommen und er „zischte", er hatte einen Sprachfehler, der beim Logopäden behandelt werden sollte. Von der Zischerei hatten wir, seine Familie, nicht viel mitbekommen. Vielleicht auch deswegen, weil mein Sohn, meist nur dann sprach, wenn er etwas unbedingt haben wollte, insbesondere Knaller. Mit anderen Worten, er sprach nicht übermäßig viel. Also aufmachen und eine Logopädin suchen.

Der erste Versuch endete in einer Quälerei, der zweite war schon besser, denn wir fanden „Schnauferl", eine Logopädin in der Nähe, die auch Benny akzeptierte. Mit ihr zusammen verlernte er mit zu viel Spucke zu sprechen. Unter anderem mit sehr oft wiederholten Sprüchen wie diesem: „Schmutziges Schweinchen, lass es dir schmecken!"

Was die Schulreife betrifft, die erlangte er zusammen mit seinem neuen Freund, Björn, und anderen Kindern in einer Ehrenrunde, bei Frau „Mahlzahn". Wir benannten sie nach der Lehrerin der kleinen Drachen in Michael Endes Jim Knopf und Lukas der Lokomotivführer…

Eifersüchteleien

… sind unter Geschwistern etwas durchaus Alltägliches aber diese Spezielle seinerzeit hatte einen besonderen Grund, nämlich, die Rationierung von Süßigkeiten. Unsere beiden Sprösslinge sollten ohne ein Überangebot von Zuckerzeug aufwachsen, meinten mein Mann und ich. Also gab es pro Woche an jedem Samstag gesunde Lakritzstangen oder Müsliriegel mit Honig, die wir von unseren samstäglichen Wocheneinkäufen mitbrachten. Was wir nicht wussten: Dass unsere Kinder, elf und sechs Jahre alt, unsere Abwesenheit schnöde nutzten und sofort zum Supermarkt an der Ecke rannten, um sich mit jeder Menge Süßkram von ihrem Taschengeld zu versorgen. Wir erfuhren dies zum Glück erst viele Jahre später.

Eines schönen Tages nun beschlossen wir Eltern, unseren Kindern eine größere Ration an Carob-Schokolade zu besorgen, eine ganze Kiste mit zwanzig Tafeln. Diese stellten wir, im Vertrauen an die Ehrlichkeit unseres Nachwuchses, ganz unten in den Vorratsschrank. Wir wollten in regelmäßigen Abständen eine Tafel rausrücken. Seltsam war nur, dass beide nie danach fragten. Wir waren ja so stolz auf unsere Nachkommenschaft, die nur mit Lakritz und Riegeln auskamen.

Nach etwa einer Wochen wollten wir die erste Tafel rausrücken und siehe da, unsere Verwunderung war gigantisch. In der Kiste war auch nicht mehr ein einziges Schokoladenkrümelchen, geschweige denn eine einzige Tafel Schokolade! Wer das denn gewesen sei, wollten wir wissen. Unser Sohnemann, die Harmlosigkeit selbst, stritt rundheraus ab es gewesen zu sein. Seine Schwester hingegen gab direkt zu, sich alle Tafeln in kürzester Zeit einverleibt zu haben.

„Warum?", wollten wir wissen.

Die Antwort war ganz einfach aber asozial: Maxi wollte nicht, dass Benny auch nur einen Riegel davon abbekam, also sorgte sie dafür dass alles in nur wenigen Tagen in ihrem Bauch verschwand. Wir hätten verstanden, wenn ihr Bruder sie nun wutentbrannt attackiert hätte, aber nein, der kleine Kerl zuckte nur lapidar mit den Schultern, angesichts ihres gemeinsamen, nächsten samstäglichen Einkaufs an Eis, Überraschungseiern und was weiß ich noch alles, im Supermarkt. Ich vermute mal, er hatte einfach keinen Bock auf blöde Carob-Schokolade gehabt, ihm stand der Sinn nach etwas anderem!

ELEKTROSCHOCK UND EINE
NADEL IM KNIE

Mein kleiner Sohn experimentierte gerne, so wie fast alle kleine und größere Burschen dieser Welt und sie testen gerne ihre Grenzen aus. Nur kann dies auch mal ungeahnte Folgen haben. Selbstverständlich hatte ich Benny schon öfter gesagt, er solle seine Pfoten von Steckdosen lassen. Es hatten auch alle Steckdosen Kindersicherungen und das schon, seit es Maxi unsere Älteste gab. Ist doch klar der Entdeckungsfreude unserer Kleinen Einhalt zu gebieten, wenn es gefährlich wird. Maxi hatte keinen übermäßigen Drang, diese Dinger mit den komischen zwei Löchern zu erkunden und was man damit noch so alles anstellen konnte. Ich glaubte bei Benny sei es ebenso, ich hätte es besser wissen müssen. Also lag ich nichts Böses ahnend mit Grippe im Bett und wollte nur noch meine Ruhe.

Mein Vierjähriger spielte ganz ruhig vor sich hin am Fußende. Was er da genau trieb, war mir auch wurscht, denn mit dickem schmerzendem Kopf und ebensolchen Gliedern ist die Aufmerksamkeit eben nicht optimal. Plötzlich hörte ich ein seltsames Quieken und mein Sohn schoss wie ein Pfeil nach oben. Genauso plötzlich war ich auf einmal hellwach.

„Was ist los?", fragte ich elektrisiert.

„Es kribbelt so!", stotterte Benny zusammenhanglos und etwas verwirrt.

Wieso, was kribbelte da? Ja, was war passiert? Der kleine Pöks hatte sich eine Steckdosenleiste unter der Kommode herausgezogen und mit einer Stricknadel, die Kraft des Stroms erprobt. Zum Glück hatte er wohl nicht allzu tief gestochert, sonst wäre dies sein letztes Experiment gewesen. Aber mein Sohn war immer für Überraschungen gut! Nicht lange danach fragte er mich mit völlig unschuldiger Miene:

„Was ist das da für ein spitzes Ding in meinem Knie?"

Tatsächlich, da schaute etwas Spitzes aus dem Knie heraus, dass sich bei näherer Betrachtung als Stecknadel herausstellte oder als Teil davon.

„Meine Güte, wie hast Du das nur wieder hingekriegt?", fragte ich völlig perplex und: „Tut das nicht mörderisch weh?"

Er schüttelte den Kopf. Na wenigstens tat's nicht allzu weh!

Ich versuchte nicht die Nadel zu entfernen, denn das hätte Geschrei gegeben. Benny gab ich den Rat, gar nicht erst zu versuchen die Nadel aus dem Knie zu polken. Stattdessen gab ich ihm eine Dosis Silicea C6, das dafür bekannt ist Fremdkörper, wie Splitter und in dem Fall Nadeln aus dem Körper zu treiben. Und siehe, es dauerte nur wenige Tage und die Nadel wanderte wie Zauberei aus dem Knie heraus, sodass ich den letzten Rest herausziehen konnte. Hätte ich nicht Silicea und die Homöopathie gehabt, wären wir überflüssigerweise mit Riesentamtam beim Chirurgen gelandet!

ZELTEN AUF DER HUNDEWIESE

Was macht man in den Sommerferien, wenn nix los ist? Fahrradtouren mit Mama sind auch langsam öde und alle Freunde sind irgendwie weg, irgendwo. Die Gegend im Dorf war zur genüge erkundet, Höhlen zum Verkriechen gebaut und zerstört worden. Blödsinn machen und andere nerven geht auch nicht immer. Was Neues musste her, aber was und langweilig durfte es auch nicht sein. Also machte ich den Vorschlag zu zelten! Nicht irgendwo, sondern auf der Hundewiese, hundert Meter vom Haus entfernt. Die musste ja mal zu was anderem gut sein, als nur für Hundegassi gehen da zu sein. Dazu musste ein Zelt her, ein Preiswertes. Ein kleines Zweipersonenzelt. Das hatte mal bei einem Trödler rumgelegen und lag bei uns jetzt im Hängeboden. Jetzt war endlich die Gelegenheit da es einzuweihen. Also raus auf die Wiese und aufbauen, was gar nicht so einfach war. Aber Zeltaufbauen ist wenigstens ne spannende Beschäftigung und nicht langweilig. Und ich war die Kinder erstmal ne Weile los, dachte ich! Aber denkste Puppe, meine Beiden kamen ziemlich schnell wieder angerannt.

„Wie baut man ein Zelt auf?"

„Ja, wie weiß ich auch nicht...", dachte ich und war schon auf dem zur Hundewiese mit den Kindern. Irgendwie schafften wir es nach vielem Hin und Her, das Zelt stand und die Kinder konnten hineinkriechen. Ich konnte beruhigt nach Hause gehen. Es dauerte jedoch nicht lange und da standen sie wieder neben mir, um zu verkünden:

„Sabine und Corinna von schräg gegenüber hätten gemeint, sie dürften auf der Hundewiese nicht zelten."

„Ist doch völliger Quatsch!", beruhigte ich sie. „Geht mal ruhig wieder weiter zelten." Und sie gingen, um kurz danach wieder vor mir zu stehen.

„Sabine und Corinna lassen uns nicht in Ruhe...!"

„Die sind nur neidisch", antwortete ich lahm und „Vielleicht wollen sie ja mit euch zelten...".

„Die wollen nicht mit uns spielen, die wollen uns das Zelten versauen!", kam die prompte und richtige Antwort.

Ich hätte mir denken können, dass mal wieder irgendein Rechthaber daherkommen würde und schlaumeiern und dass es diesmal kein Erwachsener sondern Kinder waren, machte die Sache auch nicht besser. Die Ärgerei dauerte den ganzen Nachmittag, denn die beiden Neidhammel ließen nicht locker und piesackten so lange, bis Maxi und Benny der Spaß am Zelten endgültig vergangen war und sie das Zelt wieder abbauten.

EIN GEKNACKTER
FAHRRADHELM

Fahrradfahren lernten sowohl Maxi als auch
Benny ziemlich schnell und unproblematisch.
Maxi fuhr sicherheitshalber bis zum 6. Lebensjahr mit Stützrädern, bis es ihre autoritäre
Freundin „Stricktier" es ihr rundheraus ver-
bot und ihr im kalten Entzug „ohne" zu fahren verordnete. Da unsere Tochter alles tat,
was ihre Freundin befahl, lernte Maxi radikal sich auf ihren Gleichgewichtssinn verlassen zu müssen. Benny lernte dies schon zwei
Jahre früher, nämlich mit vier Jahren, und genauso radikal, indem seine Schwester behauptete, dass es dämlich sei mit Stützrädern zu fahren. Sie fackelte nicht lange, verlangte trotz
meiner Skepsis, dass die Dinger abgebaut werden sollten, setzte ihren Bruder aufs Rad, hielt
ihn kurz fest, während er vor sich hin wackelte
und ließ ihn prompt in das nächste Gebüsch im
Bürgerpark steuern. Aber der kleine Kerl gab

nicht auf und lernte in rasanter Geschwindigkeit ohne Hilfsräder zu radeln. Er lernte dies wesentlich fixer als seine Schließmuskeln zu beherrschen und die Toilette zu benutzen! Ab dem Zeitpunkt waren Radtouren zu dritt als auch zu viert möglich. Erst kürzere und dann immer Ausgedehntere. Der kleine Bursche fuhr auf seinem winzigen Rad auch längere Strecken tapfer und ohne die geringsten Klagen mit. Nur allein durften wir Benny mit seinem Rad anscheinend nicht lassen.

Eines Nachmittags hörte Maxi vor unserem Garten ein leises Wimmern. Nichts Gutes ahnend schaute sie nach und sah ihren, inzwischen fünfjährigen, Bruder unter seinem Fahrrad auf der Straße liegen. Er war unglücklich gestürzt und auf seinen Kopf gefallen. Zum Glück hatte er einen Fahrradhelm getragen! Allerdings hatte der dem Sturz nicht standgehalten und war geborsten. Hoffentlich hatte der Kopf darunter nichts abbekommen! Das Gegenteil stellte sich leider ein paar Stunden später heraus, am folgenden Abend. Benny reiherte plötzlich haste was kannste und das genau in mein Bett. Er hatte also vermutlich 'ne Gehirnerschütterung, denn schwindelig war ihm auf einmal auch. Wenn ich mich auch erst seit Kurzem mit Hömöopathie befasste, so war mir doch sofort klar, mein Sohn brauchte Arnika C6 und ich gab es ihm sofort, ohne zu zögern, und anschließend noch ein paar Mal danach. Das Übergeben hörte sehr bald auf und auch der Schwindel verschwand zum Glück. Benny schlief ein und am folgenden Morgen war die Gehirnerschütterung Geschichte.

Fazit: Unser kleiner Sohn brauchte einen neuen, einen wirklich funktionsfähigen Fahrradhelm, denn der alte, geborstene war es augenscheinlich nicht gewesen.

SCHLITTENTRANSPORT
AUF DEM FAHRRAD

Ein Winterausflug stand an, in Maxis Gymnasialklasse, ein Ausflug in den Harz. Im Grunde ne tolle Sache, wenn sich mein Fräulein Tochter nicht in den Kopf gesetzt hätte, unseren nicht allzu winzigen Holzschlitten mitzunehmen. Ich schlug vor, sie könne dort vor Ort ganz bestimmt Schlitten leihen! Nein, der eigene musste es sein. Ich fragte Maxi, ob jeder ihrer fünf und zwanzig Mitschüler einen Schlitten mit nähme. Wüßte sie nicht, sei ihr aber auch im Übrigen scheißegal, meinte sie patzig. Sie auf jeden Fall, würde sich unseren Schlitten mit ihren Freundinnen teilen. Das war ja schon mal ganz vernünftig. Ich stellte es mir äußerst problematisch vor, wenn alle Kinder ihrer Klasse einen eigenen Schlitten im Bus mitnehmen wollten!
Meine dreizehnjährige Pubertierende machte auf Front. Ich merkte ziemlich schnell, mit ihr

war nicht zu spaßen. Wie sie denn den Schlitten zur Schule in einer schneelosen Stadt bringen wolle.

„Den bringt ihr mit dem Auto."

„Ich würde erstmal deinen Vater fragen", parierte ich. „Du weißt, ich habe keinen Führerschein."

Sie fragte und die Antwort war: „Nein". Sie wisse doch, er sei um diese Zeit längst bei der Arbeit und könne sich dafür auch nicht frei nehmen.

„Das macht ihr mit Absicht", schrie sie voller Wut. „Ihr wollt, dass ich den Ausflug nicht mitmache!"

Langsam kam ich in Harnisch: "Hat eins mit dem anderen nichts zu tun!", brüllte ich zurück.

„Wenn du unbedingt mit Schlitten den Ausflug machen willst, siehst *du* zu, wie *du* ihn selbst zur Schule transportierst!"

„Wie soll ich das denn machen?!", brüllte sie zurück. „Und wie sieht das überhaupt aus!?"

„Das ist mir völlig egal, denk dir was aus!", antwortete ich schon wieder etwas ruhiger.

„Das kriegt Maxi nicht hin", dachte ich, „sie gibt auf und fährt ohne Schlitten."

Da hatte ich falsch gedacht. Meine Tochter gab nicht auf. Einen Tag vor dem Ausflug schnallte sie den Schlitten auf ihr Fahrrad und schob es mitsamt dem Ungetüm von Schlitten anderthalb Kilometer bis zur Schule um es mit einem Fahrradschloss am dem Schulzaun anzuschließen. Sie hatte einen Weg gefunden sich durchzusetzen und sie hatte meine Bewunderung dafür!

VERKLEIDUNGEN

Mein kleiner Sohn wurde von klein an verkleidet, von Maxi, seiner Schwester. Ob es ihm Spaß machte, weiß ich nicht. Er wurde einfach zur lebenden Anziehpuppe umfunktioniert und zur weiblichen, denn das, was Maxi da drapierte, war eindeutig weiblich und so wirkte mein kleiner Sohn auch längere Zeit. Er wirkte allerdings nur so, denn er hatte, wie schon berichtet, ein ausgesprochenes Faible für Knallkörper und Pistolen. Was ihn nicht hinderte auf meine Frage, was er denn später werden wolle, prompt zu antworten: „Mama".

Sein erstes Karnevalskostüm war der Pierrot, was ihn nicht glücklich machte, warum auch immer, er fühlte sich wohl allzu sehr verkleidet. Was ihm dagegen außerordentlich gefiel: Zum schwarzen Panther zu werden. Ich hatte ihm ein paar Jahre später aus schwarzem Nickistoff ein Katzenkostüm mit Ohren und langem Schwanz genäht! Katze war er mit absoluter Begeisterung. Schade nur, dass ein Schulkamerad

ihm den langen Katzenschwanz beim Schul-
karneval ausriss.

Meine beiden Sprößlinge wurden im Karneval
zu allen möglichen Phantasiegestalten. Maxi,
von Zauberin über Ballerina bis zur oriental-
ischen Prinzessin. Benny liebte es nicht nur
Katze, sondern auch Pirat zu sein. Mein Gesicht wurde stets zum Rosenmontag bis zur Un-
kenntlichkeit von meinen Kindern zur Katze
geschminkt. Jeder Rosenmontag wurde ausgie-
big gefeiert und das nicht nur mit Kostümen,
nein, auch mit Chips aller Art und dem obli-
gatorischen Nudelsalat, mit Luftschlangen und
Konfetti und dem Anschauen der Rosenmon-
tagszüge im Fernsehen.

Nils

Es gab drei davon in Maxis Schulklasse aber nur auf einen fiel ihr Interesse. Er war moppelig und klein aber er hatte eine für Maxi wichtige Eigenschaft, fies zu sein ohne dafür Gewissensbisse zu haben. Maxi war so verschossen in den Burschen, dass nur noch über ihn redete und seinen Namen unterhalb des Bulbjergs in Nordjütlands Jammerbucht in gut sichtbaren Steinen drapierte. Er allerdings zeigte keinerlei Interesse in Richtung meiner Tochter, und im Grunde war dies auch gut so, denn wenn er sein Auge auf ein Mädchen geworfen hatte, dann musste diese sich fürchten. Charlotte, eine Klassenkameradin kam ins Blickfeld des Knaben, was ihr überhaupt nicht gut tat. Nils hatte, nennen wir es mal schriftstellerische Ambitionen und die ließ er an Charlotte aus. Er fertigte ein Pamphlet an, in dem er an seiner Klassenkameradin kein gutes Haar ließ, denn sie war im Gegensatz zu ihm hoch gewachsen aber nicht besonders schlank. Das allerdings hatten sie beide gemeinsam, was ihm nicht aufzufallen schien. Nils nahm aber genau dies zum Anlass sich sarkastisch an ihr auszutoben. Das besagte Schriftstück machte die Runde in der Klasse, ohne dass Charlotte davon etwas mitbekam. Einige amüsierten sich köstlich andere reagierten empört, darunter Maxi! Als die Klassenlehrerin davon Wind bekam war der Spaß endgültig vorbei und Nils bekam in aller Öffentlichkeit einen Einlauf verpasst.

Maxis Verliebtheit war verflogen, denn ihr wurde der überhaupt nicht einwandfreie Charakter des Objekts ihrer Liebe schlagartig bewusst und auch in welcher Gefahr auch sie sich befand, denn Maxi war figürlich das genaue Gegenteil von Charlotte, sie war sehr schlank und stand schon genug in der Kritik und negativen Aufmerksamkeit ihrer Mitschülerinnen. Es dauerte allerdings nicht lange und Maxi hatte sich erneut verliebt, in den großen rothaarigen und friedlichen Max mit den großen Füßen!

Doppeltes Seepferdchen

Wünschen und Planen ist eine Sache und Realität eine völlig andere. Es wäre so schön gewesen, wenn unsere beiden Sprößlinge ge gemeinsam schwimmen gelernt hätten! Maxi wollte unbedingt in diesen Sommerferien ihr Seepferdchen machen, denn in der Orientierungsstufe mit 11 Jahren hätte sie künftig im Sportunterricht auch „Schwimmen" und dafür glaubte sie unbedingt endlich diese Fähigkeit drauf haben zu müssen. Im Übrigen meinte sie, alle ihre Freundinnen könnten es bereits und was andere schon konnten, musste Maxi halt auch können.

Schon einmal mit sieben hatte sie vergeblich versucht ihr Seepferdchenabzeichen zu bekommen. In der Grundschule. Es ging traumatisch aus, denn der Bademeister war nicht das, was man kompetent und einfühlsam nennt, er ließ unsere Tochter fast absaufen und vermieste ihr forthin den Spaß am und im Wasser. Also Arztattest her und Schwimmunterricht abbrechen. Maxi hatte seither ein äußerst gestörtes Verhältnis zu Schwimmbädern. Auch unsere häufigen sommerlichen Besuche im kleinen überschaubar familiären Freibad inmitten eines Kiefernwaldes, änderte daran nicht viel. Wir boten ihr an, dort in unserer Nähe schwimmen zu lernen. Nix, sie wollte nicht. Da es ihr so verdammt schwer fiel, sollte ihr fünfjähriger Bruder auch gleich sein Seepferchen machen. Ich selbst war natürlich auch kein rühmliches Beispiel für meine Kinder, denn ich hielt mich mit Mitte 40 noch immer nur mehr mit Schwimmflügeln über Wasser. Gut war, dass wenigstens der Vater meiner Kinder die Technik einwandfrei beherrschte und diese unseren beiden hätte vermitteln können, was Maxi und Benny weit von sich wiesen.

Also normaler Schwimmkurs in Bremens Stadionbad um die Ecke, einem Freibad. Schwimmlehrer war Herr Maas, der Vater Generationen von kleinen, größeren und großen Seepferdchen. Ab jetzt ging ich zweimal pro Woche mit meinen beiden Sprösslingen zum Schwimmunterricht. War anwesend und litt mit, wenn's nicht gleich wirklich gut klappte, dokumentierte das Geschehen mit Kamera und Zoom. Was mir prompt die Frage einer anderen, wartenden Mutter einbrachte, ob ich denn von einer unserer Tageszeitungen sei und eine Reportage machte. Nee, nur ne ganz normale Mutter sei ich, ich wolle meinen Beiden doch hinterher zeigen können, wie sie sich abgemüht hatten.

Herr Maas übrigens war nicht nur ein guter Schwimmlehrer, er war für's Wasser gemacht. Der Unterricht begann, wenn er sich mit seinem massigen Körper einem Seeelefanten gleich, vom Beckenrand rückwärts, ins Wasser klatschen ließ und noch einmal bekräftigend mit beiden Handflächen aufs Wasser schlug.

Es zeigte sich bald, dass Benny noch nicht reif genug war für's Seepferdchen. Er schwamm gleich einem anderem Kind, einem kleinen Mädchen, tatsächlich wie ein Seepferchen, die Beinchen fast senkrecht unter sich im Wasser paddelnd. Ich sah, wie Benny sich quälte, fragte ihn schließlich, ob er aufhören wolle und sah ihm die unendliche Erleichterung an, als er nicht mehr ins tiefe Wasser musste. Mit Maxi ging's allerdings weiter. Sie hielt tapfer durch, machte erst Seepferchen und dann Frei-schwimmer. Tauchte nach Ringen, schwamm ihre unendlich langen, langen Bahnen im groß-en Becken. Benny und ich schauten am Rand sitzend zu, litten mit und waren begeistert, als sie es geschafft hatte und ihre Abzeichen an der Kasse abholen konnte. Ich bewunderte sie dafür unendlich.

Benny machte sein Seepferdchen und Frei-schwimmer paar Jahre später, ebenfalls bei Herrn Maas und das ganz ohne uns, er wollte niemanden von uns dabei haben. Auch das hat-te meine tiefste Bewunderung! Jetzt war ich die Einzige in der Familie, die sich nicht traute ohne Schwimmflügeln zu schwimmen…

Aber ihr versteckt doch wieder Ostereier

Maxi, unsere Älteste, war noch sehr jung und wußte daher selbstverständlich nicht, ob der Osterhase nun tatsächlich existierte oder nicht. Dabei hätten wir es bewenden lassen können, aber höchst leichtsinnigerweise meinten wir, zu Ostern für sie Eier verstecken zu müssen und zu behaupten, der "Osterhase" hätte diese oder andere Überraschungen für sie an verschiedenen, uns leider unbekannten Stellen im Haus hinterlassen. Einige Jahre später, ein zweites Kind, unser Benny, war hinzu gekommen, versteckte der kinderfreundliche "Osterhase" seine Mitbringsel selbstverständlich nun für zwei Kinder, das hieß, aufgrund der geschwisterlichen Konkurrenz erhöhten Elan entsprechend mehr Nester, also letztendlich auch mehr Sauerei durch das über alle Zimmer und Stockwerke verteilte grüne Papiergras. Unsere beiden Sprößlinge wurden älter und irgendwann glaubte ich, das Eierverstecken ohne große Komplikationen klamm-heimlich unter den Tisch fallen lassen zu können. Doch da hatten wir die Rechnung ohne unsere beiden Kinder gemacht. Schon geraume Zeit vor Ostern signalisierten sie uns vorsichtshalber ihr Interesse an der langjährig gepflegten Tradition:

„Ihr versteckt doch wieder Ostereier, wie immer, oder?"

Sie glaubten selbstverständlich längst nicht mehr an den langohrigen Gesellen, der zwar keine Eier legt, schon gar keine Schokoeier, sie aber anscheinend klaut und dann wahllos irgendwo versteckt. Unsere beiden Lieblinge hielten trotzdem eisern an der alten Gewohnheit fest, am Ostersonntag Eier suchen zu wollen.

INHALT